無痛N2日檢文法總整理

測驗本

作者 ❀ 遠藤ゆう子
監修 ❀ 遠藤由美子
譯者 ❀ 洪玉樹

收錄 3 回新日檢文法模擬試題

目錄

はじめに

本書は、『45日間で基礎からわかる　日本語能力試験対策　N2文法総まとめ』（以下参考書）の内容と連動した練習問題が掲載された問題集です。参考書の第1週～9週の学習項目を試す問題が本書のUnit 1～9にそれぞれ収録されています。巻末にはすべての学習項目を対象とした総合問題も3つ用意してありますので、日本語能力試験N2に備え、実践力を養いたい方に最適です。

また、文法学習に集中できるよう、漢字にはすべてルビをつけました。ルビは漢字の下についていますので、振り仮名なしで読める方は見ずに学習を進めましょう。

本書の使い方

各ユニットは、基礎的な問題のSTEP 1と、実践力を養う問題のSTEP 2で構成されています。各ユニットの終わりには、解答と一部解説が記されており、それぞれの文型についての説明が載っている参考書の解答ページも記してありますので、間違えたところは参考書もあわせて確認するとより効果的です。

9ユニット分を終えたら総合問題でさらに実践力を磨きましょう。総合問題は本試験同様、1問2点、合計70点としています。

問題に取り組む際は、STEP 1、STEP 2はそれぞれ15分以内、総合問題は20分以内に解答することを目標にしてください。この時間内にスムーズに問題が解けるようになれば、実際の試験でも着実に得点を重ねていけるでしょう。

Unit 1

ここでは次の表現について確認します

- □ ～において
- □ ～にわたって
- □ ～から～にかけて
- □ ～て以来(いらい)
- □ ～際(さい)
- □ ～に際(さい)し
- □ ～にあたって
- □ ～に先立(さきだ)って
- □ ～最中(さいちゅう)に
- □ ～うちに
- □ ～ところに
- □ ～かけだ
- □ ～次第(しだい)
- □ ～たとたん
- □ ～かと思(おも)うと
- □ ～か～ないかのうちに
- □ ～たび
- □ ～ては
- □ ～につけ

❶（　　）の言葉を適当な形にして＿＿＿＿に書きなさい。（5 × 10 問＝ 50 点）

1. 一人暮(ひとりぐ)らしを＿＿＿＿以来(いらい)、コンビニ弁当(べんとう)ばかり食(た)べている。（始(はじ)める）

2. スープが＿＿＿＿うちに、どうぞ飲(の)んでください。（冷(さ)める）

3. マリアは私(わたし)の顔(かお)を＿＿＿＿とたんに、泣(な)き出(だ)した。（見(み)る）

4. 退社時間(たいしゃじかん)になるか＿＿＿＿かのうちに、彼女(かのじょ)はもう帰(かえ)る準備(じゅんび)をしている。（なる）

5. 免税店(めんぜいてん)で品物(しなもの)を＿＿＿＿際(さい)は、パスポートをご提示(ていじ)ください。（購入(こうにゅう)する）

6. 車(くるま)を＿＿＿＿最中(さいちゅう)に電話(でんわ)がかかってきた。（運転(うんてん)する）

7. ＿＿＿＿かけたことは、途中(とちゅう)でやめないで最後(さいご)までやろう。（やる）

8. 空港(くうこう)に＿＿＿＿次第(しだい)、連絡(れんらく)します。（着(つ)く）

9. 新年(しんねん)を＿＿＿＿にあたって、会長(かいちょう)が一年(いちねん)の抱負(ほうふ)を語(かた)った。（迎(むか)える）

10. 新(あら)たな路線(ろせん)を＿＿＿＿に先立(さきだ)って、開通記念式典(かいつうきねんしきてん)が開催(かいさい)された。（開通(かいつう)する）

解答 P.96

月　　日　　　/100 点

❷ ＿＿＿に入る最も適当な言葉を□から一つ選んで書きなさい。同じ言葉は一度しか使えません。（5 × 10 問＝ 50 点）

（A）

うちに	最中	たびに	ところに	とたんに

1. 彼は誕生日の＿＿＿＿＿バラの花束をプレゼントしてくれる。
かれ　たんじょうび　はなたば

2. ドアを開けた＿＿＿＿＿知らない人が駆け込んできた。
あ　し　ひと　か　こ

3. 車がよごれたので、今日、明るい＿＿＿＿＿洗車しよう。
くるま　きょう　あか　せんしゃ

4. 部長は今、社長室で打合せをしている＿＿＿＿＿だ。
ぶちょう　いま　しゃちょうしつ　うちあわ

5. 出掛けようとしている＿＿＿＿＿、友達から電話があった。
でか　ともだち　でんわ

（B）

以来	においても	にかけて	に先立って	にわたって

1. 講演＿＿＿＿＿、司会者が講演会のプログラム説明をした。
こうえん　しかいしゃ　こうえんかい　せつめい

2. 平和を願う気持ちは、現代＿＿＿＿＿変わらない。
へいわ　ねが　きも　げんだい　か

3. この研究会では 10 年＿＿＿＿＿環境調査を行ってきた。
けんきゅうかい　ねん　かんきょうちょうさ　おこな

4. 入社＿＿＿＿＿、一日も休まないで毎朝ジョギングをしている。
にゅうしゃ　いちにち　やす　まいあさ

5. 父の仕事の都合で、私は小学生から中学生＿＿＿＿＿ブラジルで過ごしました。
ちち　しごと　つごう　わたし　しょうがくせい　ちゅうがくせい　す

Unit 1　STEP 2

❶ ＿＿＿＿に入る最も適当なものを a.b.c.d. の中から一つ選んで記号を書きなさい。（4 × 15 問＝ 60 点）

1. 情報データ利用＿＿＿＿注意事項がここに書かれていますので、お読みください。

　a. たびの　　b. に際しての　　c. につけ　　d. しては

2. 毎日ヨガをやっている＿＿＿＿、体の調子がよくなってきた。

　a. 以来　　b. うちに　　c. かのうちに　　d. ところを

3. タクシーに乗った＿＿＿＿会社に忘れものをしたことを思い出した。

　a. とたんに　　b. 最中に　　c. うちに　　d. にあたり

4. 山がきれいに紅葉した＿＿＿＿、すぐに寒い冬がやってきた。

　a. かけで　　b. かにつけ　　c. かのうちに　　d. かと思ったら

5. 小林教授は物理学＿＿＿＿有名な研究者として知られている。

　a. において　　b. に際して　　c. につけて　　d. にわたって

6. 合格通知は入学手続きの＿＿＿＿必要なので、大切に保管しておいてください。

　a. うちに　　b. 最中に　　c. 際に　　d. 次第に

7. 会議が終わった＿＿＿＿高橋さんが入ってきた。

　a. にあたり　　b. うちに　　c. ところに　　d. かけで

解答 P.96

月　　日　　　/100点

8. 今晩のような強い風の音を聞く＿＿＿＿、雪山へ行った日のことを思い出す。

a. にわたり　b. に先立ち　c. につけ　d. において

9. 来年の春から夏＿＿＿＿、鮮やかな色の服が流行るそうだ。

a. のたびに　b. にかけて　c. における　d. に際し

10. 今朝、ジョギングをしている＿＿＿＿足が痛くなって、病院へ行った。

a. 最中に　b. かと思ったら　c. ところが　d. とたんに

11. おじいさんは小さい頃の思い出を話し＿＿＿＿また同じ話だと孫に言われる。

a. かけで　b. たびに　c. て以来　d. ては

12. 原稿が完成＿＿＿＿、メールでお送りします。

a. 以来　b. 次第　c. とたん　d. に際し

13. この本は読む＿＿＿＿新しい発見がある。

a. 最中　b. 以来　c. において　d. たびに

14. 店が開くか開かない＿＿＿＿、客が一度にたくさん入ってきた。

a. うちに　b. かのうちに　c. 思ったら　d. かと思ったら

15. 野球の全国大会の予選は、5月から7月の3か月＿＿＿＿行われた。

a. につけて　b. にあたって　c. に先立って　d. にわたって

Unit 1　STEP 2

❷ ＿＿＿に入る最も適当なものを a.b.c.d. の中から一つ選んで記号を書きなさい。（4 × 10 問＝ 40 点）

1. 母は毎晩お腹いっぱい食べては＿＿＿＿＿。

   a. 料理の最中だった　　b. 知人が訪ねてきた

   c. 食べ過ぎたと後悔する　　d. 問題が解決しない

2. この書類はまだ書きかけだから、＿＿＿＿＿。

   a. もうやめます　　b. すぐ提出しました

   c. すぐに連絡します　　d. そのままにしておいてください

3. ご飯を食べ終わったかと思うと、＿＿＿＿＿。

   a. 私は眠くなってしまった　　b. 彼は急いで仕事に戻ってしまった

   c. ごちそうさまでした」と言いましょう　　d. いつもコーヒーを飲むのが習慣だ

4. 昔の恋人の写真を見るにつけ、＿＿＿＿＿。

   a. 埃できたない　　b. 突然、電話がかかってきた

   c. 自然に涙が出てくる　　d. そのころの恋人は美人だった

5. ただ今、佐藤は席をはずしておりますが、戻り次第、＿＿＿＿＿。

   a. 連絡しました　　b. 連絡させます

   c. 待つでしょう　　d. お待ちください

解答 P.96

月　　日　　　/100点

6. 病気が治るか治らないかのうちに、＿＿＿＿＿。

a. 出社して仕事をし始めた

b. 毎日薬を飲んでいる

c. 入院して3日間ベッドで寝ていた

d. 医者のアドバイスをきちんと聞きなさい

7. 新しいソフトをダウンロードしたとたん、＿＿＿＿＿。

a. そのパソコンで動画が見られる

b. 古いソフトは削除するつもりだ

c. パソコンの電源が消えて動かなくなった

d. 早速、使おうと思っている

8. 売り切れないうちに、＿＿＿＿＿。

a. 午前中に全部なくなったので買えなかった
b. あっという間だろう
c. ぜひお買いください
d. 注文しても間に合わない

9. この犬は子どもたちにいじめられているところを＿＿＿＿＿。

a. 助けてもらった
b. けがをしていた
c. 公園にいた
d. かわいそうだった

10. 先月大型台風が来て以来、＿＿＿＿＿。

a. 家の屋根が壊れた
b. 雨は降っていない
c. 先週、大雨が降った
d. その後はすぐ快晴になった

Unit 2

ここでは次の表現について確認します

- □ ～てからでないと
- □ ～てはじめて
- □ ～上(うえ)で
- □ ～たところ
- □ ～た末(すえ)
- □ ～あげく
- □ ～ぬく
- □ ～次第(しだい)だ
- □ ～きり
- □ ～きる
- □ ～一方(いっぽう)だ
- □ ～つつある
- □ ～つつ
- □ ～ながら
- □ ～ついでに
- □ ～ものの
- □ ～にしたがって
- □ ～につれて
- □ ～に伴(ともな)って
- □ ～とともに

Unit 2　STEP 1

❶ (　　) の言葉を適当な形にして＿＿＿＿に書きなさい。 (5 × 10 問= 50 点)

1. 関東地方に台風が＿＿＿＿＿つつあります。(接近する)

2. 十分に＿＿＿＿＿上で、対策を公表するつもりです。(調査する)

3. パソコンに新しいソフトをダウンロード＿＿＿＿＿ものの、使い方が分からなくて、まだ使っていない。(してみる)

4. 絶対に倒産しないと＿＿＿＿＿きれるだろうか。(言う)

5. 雪が＿＿＿＿＿からでなければ、出発するのは無理だ。(やむ)

6. 調査が＿＿＿＿＿につれて、被害の大きさが分かってきた。(進む)

7. 時間をかけて＿＿＿＿＿末、離婚を決意した。(話し合う)

8. 年を＿＿＿＿＿にしたがって、体力が落ちていくのを感じる。(重ねる)

9. このパソコンは＿＿＿＿＿ながらも、画像がきれいに見られる。(小さい)

10. このチームが優勝できなかったことは＿＿＿＿＿とともに、監督の私の力が足りなかったと責任を感じている。(残念だ)

解答 P.97

月　　日　　　/100点

❷ 正しい文に○、間違っているものに×を書きなさい。（5 × 5 問= 25 点）

1. （　　）地球（ちきゅう）の温暖化（おんだんか）は深刻（しんこく）な一方（いっぽう）だ。

2. （　　）父（ちち）は年（とし）をとるにつれて、頑固（がんこ）になっていく。

3. （　　）両社（りょうしゃ）が合意（ごうい）してからでなければ契約（けいやく）は結（むす）べます。

4. （　　）自転車（じてんしゃ）に乗（の）った上（うえ）で、転（ころ）んでけがをしてしまった。

5. （　　）高橋（たかはし）さんは昨夜（さくや）、酔（よ）っ払（ぱら）ってお店（みせ）で暴（あば）れたあげくに、自分（じぶん）の家（いえ）と間違（まちが）えて隣（となり）の家（いえ）に入（はい）ってしまったらしい。

❸ ＿＿＿に入る最も適当な言葉を□から一つ選んで書きなさい。同じ言葉は一度しか使えません。（5 × 5 問= 25 点）

はじめて	ところ	つつも	ともに	ともなって

1. このドラマは、若者（わかもの）が悩（なや）み＿＿＿＿成長（せいちょう）する姿（すがた）が描（か）かれている。

2. 失（うしな）って＿＿＿＿、恋人（こいびと）の存在（そんざい）の大（おお）きさに気付（きづ）いた。

3. 歯（は）が痛（いた）かったので歯医者（はいしゃ）に行（い）った＿＿＿＿、耳鼻科（じびか）に行（い）ったほうがいいと言（い）われた。

4. 教師（きょうし）は頼（たよ）られる存在（そんざい）であると＿＿＿＿、厳（きび）しく指導（しどう）する立場（たちば）でもある。

5. 原油価格（げんゆかかく）が上（あ）がるに＿＿＿＿、我（わ）が社（しゃ）の株価（かぶか）も上（あ）がった。

Unit 2 STEP 2

❶ ＿＿＿に入る最も適当なものを a.b.c.d. の中から一つ選んで記号を書きなさい。（4 × 15 問＝ 60 点）

1. 革靴の修理の＿＿＿＿、きれいに磨いてもらった。

   a. ついでに　b. あげくに　c. ところに　d. 上では

2. 少子化＿＿＿＿、大学の経営にも改革が求められている。

   a. 以来　b. に伴い　c. のたびに　d. 次第で

3. 漢字が多すぎて、＿＿＿＿。

   a. 覚えきりだ　b. 覚えきらない　c. 覚えきった　d. 覚えきれない

4. この家具はシンプル＿＿＿＿存在感があって良い。

   a. ながら　b. 一方で　c. ついでに　d. につれ

5. このメール文は文法の間違いはないが、言葉の使い方の＿＿＿＿、相手に対して失礼な言い方がある。

   a. 上で　b. 末に　c. あげく　d. つつも

6. 女性の社会進出＿＿＿＿結婚年齢が上がってきた。

   a. してはじめて　b. の次第で　c. とともに　d. ながら

7. この本は、大地震を＿＿＿＿人たちの記録だ。

   a. 生きた上での　b. 生きながらの　c. 生ききる　d. 生きぬいた

月　　日　　　/100点

8. 大学(だいがく)の専攻(せんこう)は経済(けいざい)だったとはいう＿＿＿＿、仕事(しごと)では役(えき)に立(た)たない知識(ちしき)ばかり学(まな)んだ。

a. 上(うえ)で　b. つつも　c. ものの　d. に伴(ともな)って

9. 緊張(きんちょう)し＿＿＿＿、笑顔(えがお)でプレゼンテーションを終(お)えることができた。

a. ついでに　b. つつも　c. てからでないと　d. てはじめて

10. 卒業(そつぎょう)した大学(だいがく)へ行(い)って＿＿＿＿、新(あたら)しくてきれいな校舎(こうしゃ)にかわっていた。

a. みるところ　b. みところ　c. みてところ　d. みたところ

11. ひとり＿＿＿＿食事(しょくじ)するのは寂(さび)しい。

a. 上(うえ)で　b. きりで　c. ともに　d. ながら

12. 足(あし)にけがをしていることは、友達(ともだち)に言(い)われ＿＿＿＿気付(きづ)いた。

a. た末(すえ)に　b. たところ　c. てからでないと　d. てはじめて

13. 長い戦(たたか)い＿＿＿＿、この国(くに)にも平和(へいわ)な時代(じだい)がやってきた。

a. とともに　b. にしたがって　c. の末(すえ)　d. ぬいて

14. ジョギングをやめてから、体力(たいりょく)は失(うしな)われていく＿＿＿＿。

a. 一方(いっぽう)だ　b. きりだ　c. 次第(しだい)だ　d. ついでだ

15. 新人(しんじん)を育成(いくせい)するには、業務(ぎょうむ)のトレーニングをする＿＿＿＿、長(なが)い目(め)で見守(みまも)る姿勢(しせい)も大切(たいせつ)だ。

a. あげく　b. 上(うえ)で　c. とともに　d. につれて

❷ ______に入る最も適当なものを a.b.c.d. の中から一つ選んで記号を書きなさい。（4 × 10 問＝ 40 点）

1. 体に有害だと知りつつも、______。

   a. いつかたばこをやめるつもりだ　　b. 遂にたばこをやめることができた

   c. まだたばこが吸えない　　d. どうしてもたばこがやめられない

2. 自分の考えていることは、文章に書いてみてはじめて______。

   a. 作文するべきだ　　b. はっきりすることがある

   c. 発言してください　　d. 伝えましょう

3. 学生時代の友人とは、月日がたつにつれて、______。

   a. 疎遠だ　　b. 疎遠だった

   c. 疎遠になっていった　　d. 疎遠になっていない

4. 十分に調査した上で、______。

   a. 国民は納得できない　　b. 対策を考えるつもりです

   c. 偶然、新しい事実が判明した　　d. アンケート調査は大切だ

5. 以前、この川は水質が悪くなって魚がいなくなりました。しかし、最近では環境がよくなって、魚が______。

   a. 戻りつつあります　　b. 戻りぬきます

   c. 戻ったきりです　　d. 戻った末です

解答P.97

月　日　/100点

6. 父の病状については、医者の説明を聞いてからでないと＿＿＿＿＿。

a. 安心した　　b. 安心できない

c. 心配している　　d. 心配しないでください

7. 微力ながらも、＿＿＿＿＿。

a. 工事が始まってうるさくなる　　b. 助かりませんでした

c. 迷惑をかけてはいけない　　d. お役に立てるように努力します

8. 地球が温暖化するにしたがって、＿＿＿＿＿。

a. 海面が上昇している　　b. もう少しで危険だ

c. 世界会議が開かれた　　d. 雪が降らない

9. 無理な練習を続けたあげくに＿＿＿＿＿。

a. どんどん上達した　　b. 練習の楽しさに気付いた

c. けがをして、試合に出られなくなった　　d. くやしかった

10. 個人情報になりますので、写真の掲載は＿＿＿＿＿。

a. 任せる次第です　　b. お断りする次第です

c. 理由がある次第です　　d. 撮影する次第です

Unit 3

ここでは次の表現について確認します

- □ ～に応じ
- □ ～ば～ほど
- □ ～に比べて
- □ ～に反し
- □ ～反面
- □ ～一方
- □ ～かわりに
- □ ～について
- □ ～に関して（は）
- □ ～に対し
- □ ～をめぐって
- □ ～にこたえ
- □ ～を問わず
- □ ～にかかわらず
- □ ～にもかかわらず
- □ ～もかまわず
- □ ～はともかく
- □ ～ぬきで

Unit 3　STEP 1

❶ (　　)の言葉を適当な形にして＿＿＿＿に書きなさい。(5 × 5 問= 25 点)

1. 携帯電話(けいたいでんわ)が普及(ふきゅう)して＿＿＿＿一方(いっぽう)で、携帯電話(けいたいでんわ)を使(つか)った犯罪(はんざい)が増(ふ)えている。(便利(べんり)になる)

2. 私(わたし)はコーヒーぬきには仕事(しごと)が＿＿＿＿。(できる)

3. 標高(ひょうこう)が＿＿＿＿ば高(たか)いほど、温度(おんど)は下(さ)がる。(高(たか)い)

4. ＿＿＿＿かわりに家(いえ)で毎日(まいにち)ヨガをしています。(運動(うんどう)する)

5. 彼女(かのじょ)は見(み)かけが＿＿＿＿反面(はんめん)、考(かんが)え方(かた)は古(ふる)い。(派手(はで)だ)

❷ [　　]の中から正しいものを選びなさい。(5 × 5 問= 25 点)

1. 仕事内容(しごとないよう)の好(す)き嫌(きら)い [　で・に・にも　] かかわらず、明日(あした)までに急(いそ)いでやらなければならない。

2. 環境問題(かんきょうもんだい) [　が・に・を　] めぐって、世界(せかい)の専門家(せんもんか)が議論(ぎろん)した。

3. その女(おんな)の子(こ)は服(ふく)がよごれるの [　が・と・も　] かまわず、猫(ねこ)を抱(だ)いた。

4. 彼(かれ)は会社(かいしゃ)の規則(きそく) [　で・に・を　] 反(はん)して減給(げんきゅう)になった。

5. このホームページは内容(ないよう) [　に・は・を　] ともかくとして、写真(しゃしん)が良(よ)い。

解答 P.98

月　　日　　　/100点

❸ 最も適当なものを選び、右と左を結んで文を完成しなさい。
（5 × 5 問＝ 25 点）

1. 視聴者（しちょうしゃ）のリクエストにこたえて、　・　　・ a. 我（わ）が国（くに）は強（つよ）い態度（たいど）でのぞむ。
2. 各部門（かくぶもん）の業績（ぎょうせき）に応（おう）じた　・　　・ b. うわさが飛（と）び交（か）っている。
3. テロに対（たい）して、　・　　・ c. ドラマの再放送（さいほうそう）が決（き）まった。
4. 結果（けっか）はともかく、　・　　・ d. ボーナスが支給（しきゅう）された。
5. 有名（ゆうめい）な作曲家（さっきょくか）の離婚（りこん）をめぐる　・　　・ e. みんなで楽（たの）しくスポーツができたので、それで十分（じゅうぶん）だ。

❹ ＿＿＿に入る最も適当な言葉を□から一つ選んで書きなさい。同じ言葉は一度しか使えません。 （5 × 5 問＝ 25 点）

に対して	につき	ぬきにして	ほど	を問わず

1. 若（わか）い人（ひと）は政治（せいじ）＿＿＿＿あまり関心（かんしん）を持（も）っていない。
2. あの工場（こうじょう）では昼夜（ちゅうや）＿＿＿＿社員（しゃいん）が働（はたら）いている。
3. かたい挨拶（あいさつ）＿＿＿＿早（はや）く乾杯（かんぱい）しよう。
4. 評論家（ひょうろんか）になるなら、知識（ちしき）があればある＿＿＿＿良（よ）い。
5. 店内改装（てんないかいそう）＿＿＿＿、来月（らいげつ）まで休業（きゅうぎょう）します。

Unit 3 STEP 2

❶ ______に入る最も適当なものを a.b.c.d. の中から一つ選んで記号を書きなさい。（4 × 15 問= 60 点）

1. アレルギーがあるので、いつも卵（たまご）______料理（りょうり）を食（た）べている。

   a. かわりに　b. ほどの　c. もかまわず　d. ぬきの

2. 申込方法（もうしこみほうほう）______、この紙（かみ）に書（か）いてあります。

   a. に応（おう）じて　b. に対（たい）して　c. については　d. に反（はん）しては

3. 留学（りゅうがく）では様々（さまざま）な経験（けいけん）ができて楽（たの）しかった______、早（はや）く国（くに）へ帰（かえ）って働（はたら）きたいと思（おも）うようになった。

   a. にかかわらず　b. に比（くら）べて　c. は問（と）わず　d. 反面（はんめん）

4. 部長（ぶちょう）______、中国語（ちゅうごくご）の分（わ）かる私（わたし）が会議（かいぎ）に出（で）ることになった。

   a. かわりに　b. にかわって　c. に反（はん）し　d. ぬきでは

5. 理由（りゆう）______、息子（むすこ）が自分（じぶん）の貯金（ちょきん）で留学（りゅうがく）したいというので認（みと）めることにした。

   a. はともかく　b. にもかかわりなく　c. に反（はん）し　d. をめぐって

6. 私（わたし）の場合（ばあい）、部屋（へや）は狭（せま）ければ狭（せま）い______落（お）ち着（つ）く。

   a. 反面（はんめん）　b. ほど　c. を問（と）わず　d. にかかわらず

7. ペットの猫（ねこ）がところ______爪（つめ）でひっかくので困（こま）っている。

   a. 一方（いっぽう）では　b. かまわず　c. にかわり　d. について

解答 P.98

月　日　/100点

8. 工事中＿＿＿＿、ここは入れません。

a. に関して　b. につき　c. に応じ　d. にこたえて

9. 講演は日本語で行われますが、国籍＿＿＿＿、誰でも参加可能です。

a. に比べて　b. に反して　c. にかかわらず　d. もかまわず

10. 8割の人が選挙に行くと答える＿＿＿＿、誰に投票するかは半数以上の人が決めていない。

a. にかわって　b. 一方で　c. にかかわらず　d. はともかく

11. 今はこのまま使用して問題ありませんが、必要＿＿＿＿部品を交換することもできます。

a. について　b. に応じて　c. にかわり　d. に反して

12. みんなに会うのは＿＿＿＿にもかかわらず、会話が止まることはなく楽しかった。

a. 久しぶりである　b. 久しぶりだ　c. 久しぶりな　d. 久しぶりの

13. 住民は空港建設＿＿＿＿抗議した。

a. ぬきにして　b. に対して　c. は問わず　d. に比べて

14. 現在、確認中のため、この件＿＿＿＿コメントは控えさせていただきます。

a. の一方で　b. に関する　c. にかかわりなく　d. に反する

15. 以前＿＿＿＿、マラソン大会の参加者が減った。

a. に比べて　b. の反面　c. の一方で　d. ほど

Unit 3　STEP 2

❷ ＿＿＿に入る最も適当なものを a.b.c.d. の中から一つ選んで記号を書きなさい。（4 × 10 問＝ 40 点）

1. 年代を問わず＿＿＿＿＿。

a. 彼は仕事がよくできる　　b. 経験が増えていく

c. 楽しめるイベントを計画している　　d. 年齢が高くなれば給与も上がる

2. 私の病院では、患者の意思に反する＿＿＿＿＿。

a. 治療は行わない　　b. 病気を治さない

c. 意見をよく聞くようにしている　　d. 対立した意見がある

3. あの歌手は、歌のうまさはともかく、＿＿＿＿＿。

a. 踊る　　b. 誰よりも上手い

c. かわいいので人気がある　　d. 歌が下手だ

4. 子どもの頃、父の仕事を手伝うかわりに、＿＿＿＿＿。

a. 母が家事をしていた　　b. 父は家事もしていた

c. 兄は手伝いが嫌いだった　　d. 私は小遣いをもらっていた

5. 彼の活躍ぬきには、＿＿＿＿＿。

a. 優勝した　　b. 優勝できるだろう

c. 優勝できなかっただろう　　d. 優勝できないはずがない

6. 市民の健康に関する悩みや不安にこたえて、＿＿＿＿＿。

a. 無料の相談窓口を作った　　b. 心配事がたくさんある

c. どんどん増えている　　d. 意見が対立しているようだ

解答 P.98

月　　日　　　/100点

7. ご多忙(たぼう)にもかかわらず、＿＿＿＿＿。

a. 出欠(しゅっけつ)の返事(へんじ)をお待(ま)ちしております

b. お越(こ)しいただきありがとうございます

c. ぜひ、いらっしゃってください

d. 楽(たの)しい時間(じかん)を過(す)ごしました

8. 薬局(やっきょく)で売(う)っている薬(くすり)に比(くら)べて、＿＿＿＿＿。

a. 病院(びょういん)でもらう薬(くすり)はよく効(き)く

b. 薬剤師(やくざいし)が説明(せつめい)をした

c. ときどき自分(じぶん)で薬草(やくそう)を作(つく)る

d. 薬(くすり)を販売(はんばい)しているところだ

9. 彼(かれ)は昇進(しょうしん)して嬉(うれ)しい反面(はんめん)、＿＿＿＿＿。

a. どんどん偉(えら)くなる

b. 部長(ぶちょう)と仲(なか)がいいので心配(しんぱい)ない

c. 責任(せきにん)ある立場(たちば)になるので緊張(きんちょう)している

d. 家業(かぎょう)を手伝(てつだ)っている

10. この詩(し)の解釈(かいしゃく)をめぐって、＿＿＿＿＿。

a. 川本教授(かわもときょうじゅ)が学会(がっかい)で発表(はっぴょう)した

b. 川本教授(かわもときょうじゅ)は反対(はんたい)している

c. 様々(さまざま)な専門家(せんもんか)の説(せつ)が出(だ)されている

d. 専門家(せんもんか)は何(なに)も答(こた)えなかった

Unit 4

ここでは次の表現について確認します

- □ ～にとって
- □ ～として
- □ ～にしたら
- □ ～としたら
- □ ～からいうと
- □ ～からすると
- □ ～から見(み)ると
- □ ～からして
- □ ～ことから
- □ ～というと
- □ ～からといって
- □ ～といっても
- □ ～とおり
- □ ～に沿(そ)って
- □ ～に基(もと)づいて
- □ ～をもとに
- □ ～のもとで
- □ ～を中心(ちゅうしん)に
- □ ～を～として
- □ ～ように

Unit 4　STEP 1

❶（　　）の言葉を適当な形にして＿＿＿＿に書きなさい。（5 × 5 問＝ 25 点）

1. ＿＿＿＿からといってチョコレートばかり食べていてはよくない。（好きだ）

2. 庭のさくらの花が今日咲いた。父が＿＿＿＿とおりだ。（言う）

3. 新しいパソコンを＿＿＿＿としても、高いものは買えない。（買う）

4. 日本で＿＿＿＿としたら、国で大学へ行っていただろう。（就職しない）

5. 彼はとても＿＿＿＿ことから、部長に信頼されている。（仕事熱心だ）

❷ 最も適当なものを選び、右と左を結んで文を完成しなさい。
（5 × 5 問＝ 25 点）

1. 彼は外国人として　・　　・ a. のびのびと育てられた。

2. 弟の態度から見て、　・　　・ b. 初めて相撲とりになった。

3. 昔の女性にとって　・　　・ c. 彼女にふられたようだ。

4. 彼の忙しさといったら、　・　　・ d. 食事する時間もないぐらいだ。

5. 彼は優しい両親のもとで　・　　・ e. 髪は命と同じくらい大切なものだった。

解答 P.99

月　　日　　　/100 点

❸ ＿＿＿に入る最も適当な言葉を□から一つ選んで書きなさい。同じ言葉は一度しか使えません。 (5 × 10 問＝ 50 点)

(A)

からして	といっても	としたら	として	にしても

1. 大学進学を条件＿＿＿＿父に日本留学を許可してもらった。
2. ダンスをならっている＿＿＿＿、1 か月に 1 回だけです。
3. あの女性はとても素敵だ。名前＿＿＿＿とても気品がある。
4. 税金は低い方がいいと思うのは金持ち＿＿＿＿同じだ。
5. 日本で運転免許証を取る＿＿＿＿30 万円かかりますよ。

(B)

からすると	に沿って	に基づいて	のように	を中心として

1. 展示会の内容は次＿＿＿＿予定しています。
2. 当店ではご希望＿＿＿＿パーティーの料理を準備します。
3. 最近は☒☒ 企業＿＿＿＿、中小企業に活気がある。
4. 彼の長年の経験＿＿＿＿、外国語を勉強するメソッドが開発された。
5. 彼女の才能＿＿＿＿、きっと音楽大学に合格できるだろう。

❶ ＿＿＿に入る最も適当なものを a.b.c.d. の中から一つ選んで記号を書きなさい。（4 × 15 問＝ 60 点）

1. 自由というスローガン＿＿＿＿、仲間が集まってデモ行進をした。
   a. から見ると　b. とおりに　c. としては　d. のもとに

2. あの顔色＿＿＿＿、母は今日は体調が良くないようだ。
   a. からすると　b. のように　c. とすれば　d. をもとに

3. この高校は人気のある歌手が通っていた＿＿＿＿、有名になった。
   a. ことから　b. をもとに　c. にしても　d. からいって

4. 毎朝 30 分ぐらい、川に＿＿＿＿ジョギングしている。
   a. したら　b. すれば　c. 沿って　d. 基づき

5. 私にも分かる＿＿＿＿ゆっくり話してください。
   a. とおりに　b. とすれば　c. に沿って　d. ように

6. 彼はあいさつ言葉＿＿＿＿、いろいろな言語を比較する論文を書いた。
   a. から見ても　b. ように　c. として　d. を中心に

7. プロの選手は意気込み＿＿＿＿私達とは違う。
   a. からして　b. といったら　c. に沿って　d. のもとで

8. 一度断られた＿＿＿＿、あきらめるのは早すぎる。
   a. からといって　b. といったら　c. としたら　d. もとで

解答 P.99

月　　日　　　/100点

9. この法律（ほうりつ）は今（いま）の国民（こくみん）＿＿＿＿役（えき）に立（た）たないから改正（かいせい）したほうがいい。

a. といえば　b. にとって　c. といっても　d. に基（もと）づいて

10. この ⊠⊠⊠ は国際交流（こくさいこうりゅう）を目的（もくてき）＿＿＿＿団体（だんたい）だ。

a. どおりに　b. とする　c. にとっての　d. に基（もと）づいた

11. このデジカメは軽（かる）いし、性能（せいのう）の面（めん）＿＿＿＿満足（まんぞく）できる。

a. からといって　b. から見（み）ても　c. にとって　d. のもとで

12. 日本料理（にほんりょうり）＿＿＿＿、最初（さいしょ）に寿司（すし）が思（おも）い浮（う）かぶ。

a. といったら　b. としたら　c. を中心（ちゅうしん）にして　d. をもとにして

13. 明日（あした）までに報告書（ほうこくしょ）ができあがらない＿＿＿＿、私（わたし）の信用（しんよう）がなくなってしまう。

a. からすれば　b. からして　c. としたら　d. にしたら

14. アンケート調査（ちょうさ）の結果（けっか）＿＿＿＿、コンサートで歌（うた）う曲（きょく）が選（えら）ばれた。

a. として　b. に基（もと）づいて　c. にしたら　d. から見ると

15. 彼（かれ）は新入社員（しんにゅうしゃいん）のころ、工藤部長（くどうぶちょう）＿＿＿＿仕事（しごと）のやり方（かた）を覚（おぼ）えた。

a. から見（み）て　b. として　c. のもとで　d. を中心（ちゅうしん）に

❷ ＿＿＿に入る最も適当なものを a.b.c.d. の中から一つ選んで記号を書きなさい。 (4 × 10 問= 40 点)

1. このドラマは中国の昔話をもとにして＿＿＿＿＿。

a. 事実だ　　b. 作られた

c. 楽しい　　d. 懐かしい

2. 日本語は文字が 3 種類もあることからいえば＿＿＿＿＿。

a. 珍しい言語です　　b. 発音は簡単です

c. 一生懸命勉強しています　　d. そのまま書いてください

3. もう若くないので、思ったように＿＿＿＿＿。

a. 疲れる　　b. 年をとらない

c. 体が動かない　　d. 練習している

4. このゲームは 8 歳の子どもにとっては＿＿＿＿＿。

a. 難しすぎる　　b. 流行している

c. 兄が手伝ってあげた　　d. 両親がプレゼントした

5. 眠いからって、＿＿＿＿＿。

a. 遅刻するよ　　b. 朝まで起きていたよ

c. 会社を休むわけにはいかないよ　　d. ビールを飲みすぎたからだよ

6. 大学を卒業したら働きます。両親にしても＿＿＿＿＿。

a. 働きたいでしょう　　b. 働きたくないでしょう

c. 私に反対でしょう　　d. 私が就職したら安心でしょう

解答 P.99

月　　日　　　/100点

7. 彼は想像していたとおり＿＿＿＿。

a. 作られた　　b. 夢のようだった

c. 優しい人だった　　d. 話しかけた

8. 彼の話が本当だとしても、＿＿＿＿。

a. 彼を信じる　　b. 彼を信じてよかった

c. 今は何でも聞きたい　　d. 今は何も聞きたくない

9. 田中「一軒家に引っ越したんですね。」

川本「一軒家といっても、＿＿＿＿。」

a. 庭があります　　b. 広いし快適ですよ

c. 小さくて狭い家なんです　　d. 駅から近いんですよ

10. 記者「今の大学生に望むことはどんなことですか。」

教師「バイトもいいけど、教師の立場＿＿＿＿、何か一つのことを一生懸命研究してほしいですね。」

a. として　　b. からいうと

c. ことから　　d. にとって

Unit 5

ここでは次の表現について確認します

- □ ～次第で（しだい）
- □ ～によって
- □ ～によると
- □ ～かぎり（は）
- □ ～に限って（かぎ）
- □ ～上（じょう）
- □ ～にかけては
- □ ～わりに
- □ ～にしては
- □ ～くせに
- □ ～向きだ（む）
- □ ～向けだ（む）
- □ ～ほど
- □ ～くらい
- □ ～ほど～はない
- □ ～こそ
- □ ～さえ
- □ ～さえ～ば
- □ ～ないことには

❶（　　）の言葉を適当な形にして＿＿＿＿に書きなさい。（5 × 10 問＝ 50 点）

1. あの人(ひと)は＿＿＿＿わりには買(か)い物(もの)をしない。（お金持(かねも)ちだ）

2. ＿＿＿＿かぎり、その国(くに)の良(よ)さは分(わ)からない。（住(す)んでみる）

3. 大地震(おおじしん)があったが、家族(かぞく)さえ＿＿＿＿何(なに)もいらない。（無事(ぶじ)だ）

4. 娘(むすめ)はいつもは＿＿＿＿くせに、お客(きゃく)さんが来(く)ると静(しず)かにしている。（うるさい）

5. 彼女(かのじょ)は＿＿＿＿ぐらいきれい好(ず)きで、掃除(そうじ)ばかりしている。（神経質(しんけいしつ)だ）

6. 学生時代(がくせいじだい)の友達(ともだち)と会(あ)って＿＿＿＿ほど楽(たの)しい時間(じかん)はない。（話(はな)す）

7. 学生時代(がくせいじだい)にお金(かね)が＿＿＿＿からこそ、料理(りょうり)をするようになった。（ない）

8. あなたさえ＿＿＿＿一緒(いっしょ)に行(い)きませんか。（いい）

9. 漢字(かんじ)を＿＿＿＿ことには、この試験(しけん)には合格(ごうかく)しない。（覚(おぼ)える）

10. 説明(せつめい)を＿＿＿＿ほど分(わ)からなくなった。（聞(き)く）

解答 P.100

月　　日　　　/100点

❷ 正しい文に○、間違っているものに×を書きなさい。 (5 × 5 問= 25 点)

1. (　　) この工場(こうじょう)では、輸出(ゆしゅつ)向(む)けに左(ひだり)ハンドルの車(くるま)を生産(せいさん)している。
2. (　　) 急(いそ)いでいるときに限(かぎ)って、タクシーが来(き)た。
3. (　　) これは彼(かれ)が書(か)いたにしては、ぴったりだ。
4. (　　) 試合(しあい)の結果(けっか)次第(しだい)では、彼(かれ)は引退(いんたい)するつもりだ。
5. (　　) 私(わたし)の決心(けっしん)によれば、必(かなら)ず就職(しゅうしょく)できる。

❸ ______に入る最も適当な言葉を□から一つ選んで書きなさい。同じ言葉は一度しか使えません。 (5 × 5 問= 25 点)

こそ	さえ	上	によって	ほど

1. 先生(せんせい)______教(おし)え方(かた)が違(ちが)うのは当然(とうぜん)だ。
2. 日本(にほん)に来(き)たときは「こんにちは」______知(し)らなかった。
3. けがをしたとき、涙(なみだ)が出(で)る______痛(いた)かった。
4. この辞書(じしょ)______私(わたし)が探(さが)していたものだ。
5. 彼(かれ)は健康(けんこう)______の理由(りゆう)で野球選手(やきゅうせんしゅ)をやめてコーチになった。

❶ ＿＿＿に入る最も適当なものを a.b.c.d. の中から一つ選んで記号を書きなさい。（4 × 15 問＝ 60 点）

1. この写真は携帯電話で撮った＿＿＿＿きれいに撮れているね。

a. に限って　b. にかけては　c. にしては　d. によると

2. 運動会を実施するかどうかは、その日の朝の天気に＿＿＿＿。

a. 限る　b. 次第だ　c. ほどだ　d. よる

3. 目玉焼き＿＿＿＿私も作れます。

a. かぎり　b. くせに　c. ぐらい　d. さえ

4. 他人の住所や電話番号を勝手に公表することは、法律＿＿＿＿、問題がある。

a. 上　b. 上に　c. 次第　d. 次第に

5. 彼は行ったこともない＿＿＿＿、そこに住んでいるかのように話す。

a. くせに　b. さえ　c. にかけては　d. ほどに

6. この料理は口の中が痛くなる＿＿＿＿辛い。

a. さえ　b. 次第　c. 上の　d. ほど

7. 事実を確認＿＿＿＿、何も申し上げることはできません。

a. しさえ　b. し次第　c. したくせに　d. しないことには

解答 P.100

月　日　/100点

8. 忙(いそが)しい＿＿＿＿＿、自分(じぶん)の趣味(しゅみ)の時間(じかん)が大切(たいせつ)だ。

a. からこそ　b. こそ　c. 向(む)きに　d. わりには

9. このコースは上級者(じょうきゅうしゃ)＿＿＿＿＿作(つく)ってある。

a. 次第(しだい)で　b. 次第(しだい)の　c. 向(む)けに　d. 向(む)けの

10. 報告(ほうこく)＿＿＿＿＿、絶滅(ぜつめつ)したはずの鳥(とり)がこの島(しま)に生(い)きているということだ。

a. にかけては　b. にしては　c. によって　d. によると

11. いつもは優(やさ)しい父(ちち)＿＿＿＿＿怒(おこ)ったのだから、兄(あに)はかなり悪(わる)いことをしたのだろう。

a. ぐらい　b. でさえ　c. に限(かぎ)らず　d. わりに

12. 値段(ねだん)は別(べつ)として、味(あじ)の良(よ)さ＿＿＿＿＿あの店(みせ)がどこよりもおいしい。

a. ほど　b. にかけては　c. によると　d. わりに

13. この会社(かいしゃ)の社員(しゃいん)である＿＿＿＿＿、いつ転勤(てんきん)になってもおかしくない。

a. かぎり　b. くせに　c. こそ　d. にしては

14. 赤(あか)ちゃんの笑顔(えがお)＿＿＿＿＿幸(しあわ)せを感(かん)じるものはない。

a. くせに　b. ぐらい　c. さえ　d. によっては

15. 彼(かれ)との結婚(けっこん)＿＿＿＿＿人生(じんせい)が大(おお)きく変(か)わった。

a. ぐらい　b. 上(じょう)で　c. にしては　d. によって

❷ ＿＿＿に入る最も適当なものを a.b.c.d. の中から一つ選んで記号を書きなさい。 (4 × 10 問＝ 40 点)

1. 今日(きょう)はいつもは作(つく)らないお弁当(べんとう)を作(つく)って持(も)っていった。そんなときに限(かぎ)って、＿＿＿＿。

a. お弁当(べんとう)はおいしかった　b. ランチを食(た)べに行(い)こうと誘(さそ)われた

c. お弁当(べんとう)を作(つく)りたくなった　d. みんなも作(つく)ってきていた

2. 正(ただ)しいことでも、言(い)い方次第(かたしだい)では、相手(あいて)が＿＿＿＿。

a. 嫌(いや)な気持(きも)ちだ　b. 嫌(いや)な気持(きも)ちになることもある

c. 嫌(いや)なことは言(い)わない　d. 嫌(いや)なことだと聞(き)いた

3. 全然勉強(ぜんぜんべんきょう)しなかったわりには＿＿＿＿。

a. 当(あ)たり前(まえ)だ　b. いい成績(せいせき)が取(と)れた

c. 遊(あそ)んでばかりいた　d. 合格(ごうかく)しなかった

4. 仕事中(しごとちゅう)にプライベートのメールをしているかどうかについて、会社員(かいしゃいん)に調査(ちょうさ)した。その結果(けっか)、若(わか)い人(ひと)はあまりしていないが、役職(やくしょく)が＿＿＿＿プライベートメールを打(う)っていることがわかった。

a. 上(あ)がるにしても　b. 上(あ)がるにかけても

c. 上(あ)がるほど　d. 上(あ)がるによって

5. 同(おな)じ材料(ざいりょう)でも、料理(りょうり)する人(ひと)によって＿＿＿＿。

a. 味(あじ)がかわる　b. 味(あじ)が大切(たいせつ)だ

c. できあがった　d. 何(なん)でも食(た)べられる

解答 P.100

月　　日　　　/100点

6. その小さいスーツケースは1泊か2泊の＿＿＿＿。私はもっと大きいのが欲しい。

a. 出張かぎりだろう　　b. 出張次第だろう

c. 出張向きだろう　　d. 出張ほどだろう

7. この問題さえ間違えなければ＿＿＿＿。

a. 合格できなかった　　b. 100点だったのに残念だ

c. どうしても分からなかった　　d. 勉強しなかった問題だ

8. サッカーほど＿＿＿＿。

a. 面白い　　b. 面白くない

c. 面白いスポーツだ　　d. 面白いスポーツはない

9. 思っていることを話さないかぎり、＿＿＿＿。

a. 理解できる　　b. いい関係が作れた

c. 相手には伝わらない　　d. 分かってくれるだろう

10. 昨日は忙しくて、彼女に＿＿＿＿。怒っているだろうなあ。

a. メールをする時間ほどなかった　　b. メールをする時間さえなかった

c. メールに限って時間がなかった　　d. メールをしないことには時間がない

Unit 6

ここでは次の表現について確認します

- □ ～にきまっている
- □ ～しかない
- □ ～ほかない
- □ ～にほかならない
- □ ～に違(ちが)いない
- □ ～ざるをえない
- □ ～ずにいられない
- □ ～ないではいられない
- □ ～ないことはない
- □ ～にすぎない
- □ ～べき
- □ ～かのようだ
- □ ～まい
- □ ～っけ
- □ ～とか
- □ ～気味(ぎみ)
- □ ～げ
- □ ～っぽい
- □ ～だらけ
- □ ～がちだ

❶ （　）の言葉を適当な形にして＿＿＿＿に書きなさい。(5 × 10 問= 50 点)

1. 彼のおもしろい冗談を聞くと、いつも＿＿＿＿ずにはいられない。（笑う）

2. さっき彼の発表した内容で分からないことがあったが、たぶん漢字を＿＿＿＿にすぎないのだろう。（読み間違える）

3. 試合に出られなかったので、彼は＿＿＿＿げな顔をしていた。（悔しい）

4. 女性も＿＿＿＿べきだ。（働く）

5. ずっと欲しがっていたかばんを買ってもらったので、彼女は＿＿＿＿に違いない。（満足だ）

6. 次の試験で合格できなかったら、＿＿＿＿ほかない。（あきらめる）

7. こんな店、もう二度と＿＿＿＿まい。（来る）

8. 子育てで忙しいと、自分のおしゃれに＿＿＿＿がちだ。（無関心になる）

9. 監督の指示には＿＿＿＿ざるをえない。（従う）

10. 部長はこんな大量の仕事を今日中に終わらせるのが＿＿＿＿かのように話した。（当然だ）

解答 P.101

月　　日　　　/100点

❷ ＿＿＿に入る最も適当な言葉を□から一つ選んで書きなさい。同じ言葉は一度しか使えません。（5 × 5 問＝ 25 点）

気味だ	だらけだ	とか	べきだ	まい

1. このレポートは内容(ないよう)も漢字(かんじ)も間違(まちが)い＿＿＿＿＿。
2. 北海道(ほっかいどう)は昨日(きのう)は大雪(おおゆき)だった＿＿＿＿＿。そちらは大丈夫(だいじょうぶ)でしたか。
3. 姉(あね)は私(わたし)の秘密(ひみつ)を母(はは)に話(はな)してしまった。もう姉(あね)には大切(たいせつ)なことを話(はな)す＿＿＿＿＿。
4. トラブルが起(お)こったら、すぐに上司(じょうし)に報告(ほうこく)する＿＿＿＿＿。
5. 頭(あたま)も痛(いた)いし咳(せき)も出(で)て、風邪(かぜ)＿＿＿＿＿。

❸ □の中から最も適当なものを使って下線を書き換えなさい。□の中の言葉は一度しか使えません。（5 × 5 問＝ 25 点）

しかない	ないこともない	にきまっている	にすぎない	まい

1. 父(ちち)が仕事(しごと)をやめて留学(りゅうがく)すると言(い)ったのはただの冗談(じょうだん)だ。
2. 道(みち)が渋滞(じゅうたい)しているから、地下鉄(ちかてつ)で行(い)かなければならない。
3. 有力選手(ゆうりょくせんしゅ)がけがで出(で)られないんだから、この試合(しあい)は必(かなら)ず負(ま)ける。
4. 株(かぶ)はこれ以上(いじょう)安(やす)くならないだろう。今(いま)が買(か)うチャンスだ。
5. あまり行(い)きたいとは思(おも)わないが、ぜひ来(き)てほしいと頼(たの)まれれば行(い)く可能性(かのうせい)もある。

❶ ＿＿＿に入る最も適当なものを a.b.c.d. の中から一つ選んで記号を書きなさい。（4 × 15 問＝ 60 点）

1. 会社の方針でその資格を取らなければならないので、勉強して受験＿＿＿＿。

   a. するかのようだ　b. するまい　c. せざるをえない　d. しないにきまっている

2. 懐かしい曲が聞こえてきて、歌わ＿＿＿＿。

   a. ないことはなかった　b. ないではいられなかった

   c. まい　d. べきではなかった

3. 彼女が成功できたのは、コツコツと努力してきたから＿＿＿＿。

   a. かのようだ　b. にほかならない　c. ほかしかたない　d. まいか

4. たくさんの人が応援に来てくれている。こうなったら逃げないで、やる＿＿＿＿。

   a. しかない　b. ずにはいられない　c. だらけだ　d. まい

5. あやし＿＿＿＿な格好をした人が立っていたので、警察に電話をした。

   a. 気味　b. げ　c. すぎない　d. ほかない

6. 行けない＿＿＿＿が、今から出掛けるのは面倒だ。

   a. ことはない　b. ざるをえない　c. にきまっている　d. にすぎない

7. 雪の日は電車が＿＿＿＿ので、早めに家を出た方がいい。

   a. 遅れがちな　b. 遅れまい　c. 遅れるしかない　d. 遅れげな

8. 初対面の女性に年齢を聞く＿＿＿＿。

   a. ざるをえない　b. に違いない　c. にすぎない　d. べきではない

解答P.101

月　　日　　　/100点

9. 「帰(かえ)りたくない＿＿＿＿言(い)ってたけど、どうしたの。」

a. しかない　b. そうだ　c. とか　d. っけ

10. 何度電話(なんどでんわ)しても出(で)ないので、彼女(かのじょ)は＿＿＿＿。

a. 留守(るす)でないことはない　b. 留守(るす)に違(ちが)いない

c. 留守(るす)せざるをえない　d. 留守(るす)にすぎない

11. この人形(にんぎょう)はよくできていて、今(いま)にもしゃべりだす＿＿＿＿。

a. かのようだ　b. にきまっている　c. べきだ　d. よりほかない

12. 娘(むすめ)は体調(たいちょう)が悪(わる)くて少(すこ)し熱(ねつ)＿＿＿＿ので、もう寝(ね)かせました。

a. しかない　b. だらけ　c. っぽい　d. に違(ちが)いない

13. こんないたずらをするのは、うちの犬(いぬ)＿＿＿＿。

a. でないことはない　b. にきまっている

c. にすぎない　d. まいか

14. ベテランの医者(いしゃ)でも、患者(かんじゃ)に病名(びょうめい)を告(つ)げようか告(つ)げ＿＿＿＿と迷(まよ)うのは当然(とうぜん)だ。

a. ざるをえない　b. ずにはいられない　c. ないことはない　d. まいか

15. パーティーにしわ＿＿＿＿服(ふく)を着(き)ていくなんて恥(は)ずかしい。

a. がちの　b. かのような　c. だらけの　d. よりほかない

❷ ______に入る最も適当なものを a.b.c.d. の中から一つ選んで記号を書きなさい。 (4 × 10 問＝ 40 点)

1. すぐに壊れてしまうなんて、不良品だったと______。

a. 言うにほかならない　　b. 言うまい

c. 言わざるをえない　　d. 言わないこともない

2. 懐かしい。この歌を聞くと、学生のころのことを______。

a. 思い出さずにはいられない　　b. 思い出すかのようだ

c. 思い出しがちだ　　d. 思い出すにほかならない

3. 来週がレポートの提出日なので、学生達は______。

a. 焦らせるべきだ　　b. 焦らないこともない

c. 焦り気味だ　　d. 焦りだらけだ

4. 同じ品物なら、値段が安いほうが売れる______。

a. っぽい　　b. ないではいられない

c. にきまっている　d. にすぎない

5. 彼はそんなことを言っていたんですか。それを聞いたら、私も一言______。

a. 言うに相違ない　　b. 言うまい

c. 言うべきではない　　d. 言わないではいられない

解答P.101

月　日　/100点

6. ビル建設予定地は写真や書類だけでは決められない。最終的には実際に見に行って判断する＿＿＿＿。

a. がちだ　　b. ざるをえない

c. べきではない　　d. よりほかはない

7. 大雨が降っていたのに突然太陽が出てきて、天気も二人の結婚式を＿＿＿＿。

a. お祝いしているかのようだ　　b. お祝いしている気味だ

c. お祝いするしかない　　d. お祝いするにすぎない

8. 大人のくせに、見たいテレビ番組を争ってけんかするなんて＿＿＿＿。

a. 子どもっぽい　　b. 子どもしかない

c. 子どもらしい　　d. 子どもだらけだ

9. 一か月休みをとって海外旅行へ＿＿＿＿。うらやましいですね。

a. 行くとか　　b. 行くしかないです

c. 行くにきまっています　　d. 行くべきです

10. 夫「車のかぎ、閉めた＿＿＿＿。」

妻「私がさっき閉めたよ。」

a. かのようだ　　b. っけ

c. っぽい　　d. に違いない

Unit 7

ここでは次の表現について確認します

- □ ～も～ば～も～
- □ ～やら～やら
- □ ～にしろ
- □ ～をはじめ（として）
- □ ～といった
- □ ～など
- □ ～ばかりか
- □ ～どころか
- □ ～というより
- □ ～どころではない
- □ ～以上（いじょう）（は）
- □ ～上（うえ）は
- □ ～からには
- □ ～だけ
- □ ～おかげで
- □ ～せいだ
- □ ～ばかりに
- □ ～あまり

Unit 7 STEP 1

❶ （　　）の言葉を適当な形にして＿＿＿＿に書きなさい。（5 × 5 問＝ 25 点）

1. 教授(きょうじゅ)の＿＿＿＿おかげで論文(ろんぶん)を最後(さいご)まで書(か)くことができました。（ご指導(しどう)）

2. 私(わたし)の田舎(いなか)は環境(かんきょう)も＿＿＿＿ば人(ひと)も優(やさ)しくて、とてもいい所(ところ)です。（いい）

3. 夏休(なつやす)みは行(い)く所(ところ)もなくて、＿＿＿＿どころか、体(からだ)が腐(くさ)りそうだった。（退屈(たいくつ)だ）

4. いったん＿＿＿＿からには、最後(さいご)までやるつもりだ。（引(ひ)き受(う)ける）

5. 引(ひ)っ越(こ)しのときは、みんなで＿＿＿＿どころではなく、一日中(いちにちじゅう)荷物(にもつ)を運(はこ)んだり出(だ)したりしていて大変(たいへん)だった。（食事(しょくじ)する）

❷ ［　　］の中から正しいものを選びなさい。（5 × 5 問＝ 25 点）

1. 生(なま)の魚(さかな)を食(た)べたばかり［　か・で・に　］、ひどい腹痛(ふくつう)になった。

2. 任天堂(にんてんどう)［　が・と・を　］はじめとするゲーム機器(きき)メーカーが急成長(きゅうせいちょう)している。

3. どこで拾(ひろ)った［　に・と・も　］せよ、お金(かね)は交番(こうばん)に届(とど)けなければいけない。

4. 彼女(かのじょ)は日本語(にほんご)ばかり［　か・に・も　］、中国語(ちゅうごくご)や韓国語(かんこくご)もぺらぺらだ。

5. あのラーメン屋(や)はいつも行列(ぎょうれつ)ができているが、並(なら)んで待(ま)つだけ［　で・に・の　］価値(かち)はある。

解答 P.102

月　日　/100点

❸ 最も適当なものを選び、右と左を結んで文を完成しなさい。

(5 × 5 問= 25 点)

1. 仕事をしながら大学院へ行くなんて　・　　・ a. ボランティア活動も熱心にやっている。
2. 仕事をしながら大学院へ行く以上、　・　　・ b. 時間の使い方がうまくなった。
3. 仕事をしながら大学院へ行くばかりでなく、　・　　・ c. 無理だ。
4. 仕事をしながら大学院へ行ったおかげで、　・　　・ d. 最近体調が良くない。
5. 仕事をしながら大学院へ行っていて忙しいせいか、　・　　・ e. 忙しいのは覚悟している。

❹ ＿＿＿に入る最も適当な言葉を□から一つ選んで書きなさい。同じ言葉は一度しか使えません。(5 × 5 問= 25 点)

あまり	からには	というより	といった	など

1. 私は大学教授＿＿＿＿＿にはなれない。
2. 彼は驚きの＿＿＿＿＿、コップを落としてしまった。
3. 週末には子どもと動物園や遊園地＿＿＿＿＿遊び場へよく行く。
4. これは子どもの本＿＿＿＿＿大人向けの絵本だ。
5. 日本に留学した＿＿＿＿＿、日本人の友達をたくさん作るつもりだ。

❶ ＿＿＿に入る最も適当なものをa.b.c.d.の中から一つ選んで記号を書きなさい。（4 × 15 問＝ 60 点）

1. この仕事を引き受けた＿＿＿＿、最後までやるつもりだ。

   a. あまり　b. からには　c. どころか　d. ばかりに

2. 宝くじは夢があっていい。私＿＿＿＿いつも50枚は買う。

   a. だけに　b. なんか　c. ばかりか　d. やら

3. 負けた＿＿＿＿、一生懸命練習して力を出し切ったのだから悔いはない。

   a. からには　b. だけに　c. というより　d. にせよ

4. 背が低い＿＿＿＿、スチュワーデスになれなかった。

   a. 以上は　b. といった　c. なんて　d. ばかりに

5. 果物の王様と言われる＿＿＿＿、確かにこれはおいしい。

   a. からには　b. だけあって　c. というより　d. をはじめとして

6. 今年は暖かい＿＿＿＿、春の花がもう咲いている。

   a. せいか　b. といった　c. どころではなく　d. なんて

7. 子ども部屋は、おもちゃやらまんがやら教科書＿＿＿＿が散らかっている。

   a. せいで　b. なら　c. なんて　d. やら

8. 有名ヴァイオリニスト＿＿＿＿オーケストラの演奏者たちが来日した。

   a. だけあって　b. というより　c. やら　d. をはじめとする

解答 P.102

月　　日　　　/100点

9. この薬(くすり)がよく効(き)くと言(い)われたので飲(の)んでいるが、よくなる＿＿＿＿ますます痛(いた)くなってきた。

a. 上(うえ)は　　b. おかげで　　c. どころか　　d. にせよ

10. 彼(かれ)と国際結婚(こくさいけっこん)するためには、どこに住(す)むのか、親(おや)を説得(せっとく)できるのか＿＿＿＿様々(さまざま)な問題(もんだい)がある。

a. せいか　　b. といった　　c. にしろ　　d. ばかりか

11. 海外(かいがい)にいる息子(むすこ)からは手紙(てがみ)も＿＿＿＿ば電話(でんわ)もかかってこない。

a. 来(く)れ　　b. 来(こ)い　　c. 来(こ)ない　　d. 来(こ)なけれ

12. 私(わたし)たちがステージで歌(うた)い続(つづ)けられるのは、応援(おうえん)してくれるみんな＿＿＿＿。

a. だけあります　b. どころではありません

c. のおかげです　d. のせいです

13. 友達(ともだち)と別(わか)れを惜(お)しむ＿＿＿＿、留学(りゅうがく)の準備(じゅんび)で大変(たいへん)だった。

a. あまり　　b. せいで　　c. どころではなく　　d. をはじめ

14. 彼女(かのじょ)は服装(ふくそう)がいつも派手(はで)な＿＿＿＿、背(せ)が高(たか)いので目立(めだ)つ。

a. ばかりか　　b. ばかりで　　c. ばかりに　　d. ばかりは

15. ＿＿＿＿あまり、目(め)から涙(なみだ)が出(で)てきた。

a. 痛(いた)くて　　b. 痛(いた)さ　　c. 痛(いた)さの　　d. 痛(いた)さである

Unit 7 STEP 2

❷ ＿＿＿に入る最も適当なものを a.b.c.d. の中から一つ選んで記号を書きなさい。（4 × 10 問＝ 40 点）

1. 隣(となり)の家(いえ)は犬(いぬ)やら猫(ねこ)やら＿＿＿＿。

a. 2 匹(ひき)いる
b. 降(ふ)っている
c. 動物(どうぶつ)が減(へ)っている
d. いろいろな動物(どうぶつ)を飼(か)っている

2. この地域(ちいき)の夏(なつ)は涼(すず)しくて過(す)ごしやすいばかりでなく、＿＿＿＿。

a. 寒(さむ)くて凍(こご)えるほどだ
b. 私(わたし)はここが大好(だいす)きで、よく来(く)る
c. 雨(あめ)が多(おお)くて、天気(てんき)はよくない
d. 静(しず)かなので、避暑地(ひしょち)として有名(ゆうめい)だ

3. こんなところで友達(ともだち)に会(あ)うなんて、＿＿＿＿。

a. 思(おも)うしかない
b. 思(おも)ってもしかたがなかった
c. 思(おも)ってもみなかった
d. 思(おも)わないではいられない

4. 母(はは)はずっと会(あ)っていない兄(あに)のことを心配(しんぱい)するあまり、＿＿＿＿。

a. 忘(わす)れてしまいそうだ
b. 病気(びょうき)になってしまった
c. 元気(げんき)で生活(せいかつ)していることが分(わ)かった
d. 早(はや)く兄(あに)に連絡(れんらく)してください

5. この会社(かいしゃ)はコピー機(き)もなければファックスもなくて、＿＿＿＿。

a. 不便(ふべん)だ
b. 両方(りょうほう)ないよりはいい
c. コピー機(き)だけは使(つか)える
d. 使(つか)い方(かた)が分(わ)かりにくい

6. 新(あたら)しいプロジェクトのリーダーを任(まか)された。こうなった上(うえ)は＿＿＿＿。

a. 最後(さいご)までやるつもりだ
b. 失敗(しっぱい)するかもしれない
c. なんとか成功(せいこう)するだろう
d. 部長(ぶちょう)が私(わたし)を信用(しんよう)してくれたからだ

月　　日　　　　/100点

7. 佐藤「大変そうですね。手伝いますよ。」

吉田「ああ、いいんです。もうすぐ終わるし、一人でやると言った以上、＿＿＿＿。」

a. がんばってください　　b. 最後までがんばります

c. 手伝いません　　d. 手伝っていただけませんか

8. 佐藤「新入社員の山口さん、意見をはっきり言いますね。」

高橋「意見をはっきり言う＿＿＿＿、わがままだよ。仕事なんだからやりたくないこともやらなくちゃいけないことはあるのに。」

a. あまり　　b. からには

c. にしろ　　d. というより

9. 学生時代は週に1回は映画館へ行っていたが、今はそれどころではなく、＿＿＿＿。

a. 映画館は人気がない　　b. 仕事で忙しい毎日だ

c. 週に2,3回は行っている　　d. 自分で映画を作るようになった

10. 私がデザインした服が販売されることになった。がんばっただけの＿＿＿＿。

a. 夢があった　　b. 甲斐があった

c. 努力をした　　d. 仕事だった

Unit 8

ここでは次の表現について確認します

- □ ～わけがない
- □ ～わけだ
- □ ～わけではない
- □ ～わけにはいかない
- □ ～ことか
- □ ～ことだ
- □ ～ことだから
- □ ～ことなく
- □ ～ことに
- □ ～ことになっている
- □ ～ことはない
- □ ～ということだ
- □ ～もの
- □ ～ものか
- □ ～ものだ
- □ ～ものがある
- □ ～ものだから
- □ ～ものなら
- □ ～というものだ
- □ ～というものではない

❶ （　　）の言葉を適当な形にして______に書きなさい。（5 × 5 問＝ 25 点）

1. 昔の父親は________ものだ。（厳しい）

2. ________ことに、ニュースはテレビよりインターネットで知ることのほうが多いことがアンケート結果で分かった。（意外だ）

3. あの女優はいつ見ても________ことなく美しい。（変わる）

4. 忙しいからといって、会社の経営が________わけではない。（好調だ）

5. 自信が________ものだから、声が小さくなってしまう。（ない）

❷ ______に入る最も適当な言葉を□から一つ選んで書きなさい。同じ言葉は一度しか使えません。（5 × 10 問＝ 50 点）

（A）

ことだ　　ということだ　　というものでもない　　ものがある　　わけだ

1. このかばんには本がたくさん入っている。重い________。

2. 今朝のニュースによると、アメリカの自動車会社が倒産する________。

3. 会社で認められたいなら、まず乱暴な言葉遣いをやめる________。

4. 彼の歌声は人をひきつける________。

5. 果物は何でも新鮮ならおいしい________。

解答 P.103

月　日　/100点

(B)

ことだから　ことに　ものだから　ものなら　わけではない

1. 残念な＿＿＿＿＿、庭で育てていた野菜が鳥に食べられてしまった。

2. 電車が遅れた＿＿＿＿＿、会社に遅刻してしまった。

3. 疲れたなんて言おう＿＿＿＿＿、母がすごく心配してしまう。

4. 彼のアイデアに反対する＿＿＿＿＿が、やり方を工夫したほうがいいと思う。

5. 妹の＿＿＿＿＿、会社に勤めていても休日は家でじっとしていることはないだろう。

❸ □の中から最も適当なものを使って下線を書き換えなさい。□の中の言葉は一度しか使えません。 (5 × 5 問＝ 25 点)

ことだ　ことになっている　というものだ　ものか　わけにはいかない

1. 自分の思ったことを素直に言っただけだ。<u>全然恥ずかしくない</u>！

2. 健康な体を作るためには、野菜をたくさん<u>食べたほうがいい</u>。

3. キャンセルがあった場合は、キャンセル料を<u>いただくと決まっている</u>。

4. 仕事があるから、昼食でワインを<u>飲むことはできない</u>。

5. 病気で入院しているのに出社するなんて、<u>それは無理だ</u>。

STEP 2

❶ ＿＿＿に入る最も適当なものを a.b.c.d. の中から一つ選んで記号を書きなさい。（4 × 15 問＝ 60 点）

1. 驚いた＿＿＿＿＿、彼女にはお孫さんがいるらしい。そんな年齢には見えない。

   a. ことか　　b. ことに　　c. ものか　　d. ものに

2. 故郷を離れるのはさびしい＿＿＿＿＿。

   a. ことになっている　　b. ということだ　　c. ものがある　　d. わけだ

3. 日本に来たばかりの時、山口さんにいろいろと教えていただき、どれほど助かった＿＿＿＿＿。

   a. ことか　　b. ことだ　　c. というものだ　　d. ものがある

4. 小説家になりたいという夢は消える＿＿＿＿＿、今でも時々小説を書いている。

   a. ことだから　　b. ことなく　　c. ものなら　　d. わけにはいかず

5. 初対面の女性に年齢を＿＿＿＿＿ものではない。

   a. 聞いて　　b. 聞いている　　c. 聞いた　　d. 聞く

6. テレビが嫌いだといっても、まったく見ない＿＿＿＿＿。

   a. ことだ　　b. ものだ　　c. ものではない　　d. わけではない

7. 40 人も来るんだから、食べ物がこれで足りる＿＿＿＿＿。

   a. ものがある　　b. ものがない　　c. わけがある　　d. わけがない

8. 報告書に感想でも書こう＿＿＿＿＿、日記じゃないんだと上司に怒られたものだ。

   a. ことなく　　b. ことに　　c. ものなら　　d. わけで

解答 P.103

月　　日　　　　/100点

9. 入院(にゅういん)といっても検査(けんさ)のための入院(にゅういん)だから心配(しんぱい)する＿＿＿＿＿。

a. ことはない　　b. ということだ　　c. ものがある　　d. ものはない

10. お客様(きゃくさま)のニーズをつかんだから、不況(ふきょう)でもこの会社(かいしゃ)は成長(せいちょう)している＿＿＿＿＿。

a. ことだ　　b. というものだ　　c. ものだ　　d. わけだ

11. 新商品(しんしょうひん)の説明(せつめい)の前(まえ)に、社長(しゃちょう)よりご挨拶(あいさつ)させていただく＿＿＿＿＿。

a. ことかと存(ぞん)じます　　b. ことでございます

c. こととなっております　　d. こともございません

12. 来年(らいねん)こそ、海外旅行(かいがいりょこう)をしたい＿＿＿＿＿。

a. というものでもない　　b. ものか　　c. ものだ　　d. ものではない

13. 楽(たの)しいこともあるし、悲(かな)しいこともあるよ。それが人生(じんせい)だ＿＿＿＿＿。

a. こと　　b. もの　　c. はず　　d. わけ

14. ライバル店(てん)が価格(かかく)を下(さ)げたので、うちの店(みせ)も安(やす)くしない＿＿＿＿＿。

a. わけだ　　b. わけにはいく　　c. わけにはいかない　　d. というわけだ

15. 資格(しかく)をたくさん持(も)っていればいい＿＿＿＿＿。

a. ことはない　　b. というものでもない

c. わけにはいかない　　d. ということにはいかない

❷ ＿＿＿に入る最も適当なものを a.b.c.d. の中から一つ選んで記号を書きなさい。（4 × 10 問＝ 40 点）

1. この店(みせ)の料理(りょうり)はおいしいもんだから、＿＿＿＿＿。

a. 作(さく)ってみてください　　b. 量(りょう)が少(すく)ないんですよ

c. つい食(た)べすぎちゃいますね　　d. いろいろな材料(ざいりょう)を使(つか)っています

2. 寒(さむ)いわけだ。見(み)てごらん。＿＿＿＿＿。

a. 静(せい)かでしょう　　b. 外(そと)は雪(ゆき)が降(ふ)っているよ

c. エアコンをつけよう　　d. 風邪(かぜ)をひきそうだよ

3. 父(ちち)は年末年始(ねんまつねんし)も出勤(しゅっきん)だなんて、＿＿＿＿＿。家(いえ)でゆっくり休(やす)めたらいいのに。

a. ありがたいことだ　　b. いたましいことだ

c. ご苦労(くろう)なことだ　　d. もったいないことだ

4. 嘘(うそ)もあっという間(ま)に広(ひろ)がってしまう。それが＿＿＿＿＿。

a. インターネットの怖(こわ)さというものだ

b. インターネットの怖(こわ)さのわけがない

c. インターネットは怖(こわ)いことになっている

d. インターネットの怖(こわ)いことだから

5. 確(たし)かに、＿＿＿＿＿、そんなに笑(わら)うことはないでしょう。

a. おかしくはないので　　b. いい加減(かげん)なことを言(い)ってしまったので

c. 面白(おもしろ)くなかったけど　　d. 変(へん)な言(い)い間違(まちが)いをしてしまったけど

解答P.103

月　　日　　　/100点

6. ＿＿＿＿ので、寝るわけにもいかない。

a. 明日提出のレポートができていない

b. 大好きなテレビ番組を見ている

c. 風邪薬を飲んだら眠くなった

d. 眠くて仕方ない

7. 積極的な彼女のことだから、＿＿＿＿。

a. いつもトラブルが多くて困る　　b. うらやましく思う

c. 仕事にもどんどん取り組むだろう　　d. 上司の前ではおとなしくなる

8. 私が絵が得意ですって？＿＿＿＿。小さい頃からずっと苦手で嫌いなんですよ。

a. 得意なはずです　　b. 得意なわけです

c. 得意なことですか　　d. 得意なもんですか

9. 母親「その猫、拾ってきたの？」

息子「うん。だって、さびしそうで＿＿＿＿。」

a. かわいそうだったんだもん　　b. かわいそうなもんか

c. かわいそうなわけだから　　d. かわいそうなことか

10. 吉田「来年から大学でもう一度デザインの勉強をすることにしました。」

佐藤「え、じゃあ、今の会社を＿＿＿＿。」

a. やめることですか　　b. やめるということですか

c. やめるものですか　　d. やめるというものですか

Unit 9

ここでは次の表現について確認します

- □ ～てしょうがない
- □ ～てならない
- □ ～っこない
- □ ～ようがない
- □ ～得る（うる／える）
- □ ～おそれがある
- □ ～かねる
- □ ～がたい
- □ ～をきっかけに
- □ ～を契機（けいき）に
- □ ～を通（つう）じて
- □ ～をこめて
- □ ～に加（くわ）え（て）
- □ ～うえ（に）
- □ ～はもちろん
- □ ～のみならず
- □ 敬語（尊敬語（そんけいご）・謙譲語（けんじょうご）・丁寧語（ていねいご）ほか）

Unit 9 STEP 1

❶ （　　）の言葉を適当な形にして＿＿＿＿に書きなさい。（5 × 10 問= 50 点）

1. このインターネットで得(え)た情報(じょうほう)が正(ただ)しいかどうか＿＿＿＿かねる。（判断(はんだん)する）

2. 私(わたし)は片付(かたづ)けるのが＿＿＿＿うえに、いろいろな物(もの)が捨(す)てられないので、いつも部屋(へや)が散(ち)らかっている。（下手(へた)だ）

3. しばらく国(くに)へ帰(かえ)っていないので、家族(かぞく)に＿＿＿＿たまらない。（会いたい）

4. ＿＿＿＿おそれがあるので、今日(きょう)は海(うみ)に近付(ちかづ)かないほうがいい。（津波(つなみ)）

5. その男(おとこ)は犯人(はんにん)しか＿＿＿＿得(え)ないことを知(し)っていた。（知(し)る）

6. 彼(かれ)の仕事(しごと)は完(かん)ぺきで、文句(もんく)の＿＿＿＿ようがない。（つける）

7. 自分(じぶん)に合(あ)う会社(かいしゃ)なんて、簡単(かんたん)に＿＿＿＿っこない。（みつかる）

8. 突然(とつぜん)お腹(なか)に＿＿＿＿がたい痛(いた)みを感(かん)じたので、救急車(きゅうきゅうしゃ)を呼(よ)んだ。（耐(た)える）

9. 彼(かれ)は＿＿＿＿うえに頭(あたま)もいい。（格好(かっこう)いい）

10. どうして彼(かれ)が合格(ごうかく)できたのか＿＿＿＿ならない。（不思議(ふしぎ)だ）

解答 P.104

月　日　/100 点

❷ ＿＿＿に入る最も適当な言葉を□から一つ選んで書きなさい。同じ言葉は一度しか使えません。（5 × 5 問＝ 25 点）

うえに	のみならず	をきっかけに	をこめて	を通して

1. 先月の旅行＿＿＿＿＿、カメラに興味を持つようになった
2. 彼は映画業界＿＿＿＿＿、ゲーム業界でも有名なクリエーターだ。
3. 仕事が忙しくて大変な＿＿＿＿＿、家族が病気になって入院してしまった。
4. ここは一年＿＿＿＿＿、観光客が多いところだ。
5. その歌手は故郷への思い＿＿＿＿＿涙を流しながら歌を歌った。

❸ □の中から最も適当なものを使って下線を書き換えなさい。□の中の言葉は一度しか使えません。（5 × 5 問＝ 25 点）

得る	おそれがある	っこない	てしょうがない	ようがない

1. 朝、会社に来る前にジョギングをするようになってから、会社でとてもお腹がすく。
2. 携帯電話の電池が切れてしまったから、誰とも連絡することができない。
3. 犯罪は私達のすぐ近くでも起こる可能性がある。
4. 「500 メートルも泳ぐの？そんなこと、私には絶対にできないよ。」
5. インターネットでは個人情報が流出する心配がある。

❶ ＿＿＿に入る最も適当なものを a.b.c.d. の中から一つ選んで記号を書きなさい。（4 × 15 問＝ 60 点）

1. 資料を送ってくれと頼まれたが、メールアドレスも住所も分からないから、送り＿＿＿＿。

   a. 得る　b. たまらない　c. ならない　d. ようがない

2. 留学生活＿＿＿＿、文化の違いを学んだ。

   a. が通じて　b. に通じて　c. は通して　d. を通して

3. 就職活動のストレス＿＿＿＿、大学の卒業試験で疲れてしまった。

   a. に加え　b. の上で　c. をこめて　d. を通して

4. 留学では日本語が話せるようになる＿＿＿＿、いろいろな国の人と友だちになれるだろう。

   a. だけで　b. のみならず　c. はもちろん　d. を通じて

5. 病気したの＿＿＿＿、栄養のあるものを意識して食べるようになった。

   a. はもとより　b. のみならず　c. をきっかけに　d. をはじめとして

6. 彼女は決断力がある＿＿＿＿実行するのが早い。

   a. うえで　b. うえに　c. うえの　d. うえは

7. いつも励ましてくれる両親に心＿＿＿＿プレゼントを贈った。

   a. に加えて　b. のみならず　c. を契機として　d. をこめて

解答 P.104

月　日　　/100点

8. このデジカメは写真＿＿＿＿＿、動画も撮影できます。

a. のうえ　　b. はもちろん　　c. をきっかけに　　d. をもとより

9. 政治家が税金を無駄遣いしているのは許し＿＿＿＿＿行為だ。

a. がたい　　b. がちの　　c. かけの　　d. かねない

10. 子どもはサンタクロースが来るのを＿＿＿＿＿かねて寝てしまった。

a. 待つ　　b. 待って　　c. 待ち　　d. 待た

11. キャンプへ行くのを楽しみにしていたのに、雨で中止になったのが＿＿＿＿＿ならない。

a. 残念　　b. 残念だ　　c. 残念で　　d. 残念な

12. この花はもともと暖かい地方にしか咲かない植物だが、どんどん減っていて、絶滅の＿＿＿＿＿そうだ。

a. あり得る　　b. おそれがある　　c. がたい　　d. を契機にする

13. 平日は仕事があるから、昼間のコンサートには行け＿＿＿＿＿。

a. 得る　　b. がたい　　c. っこない　　d. ようもない

14. 来月家族が日本に来ることになったので、嬉しくて＿＿＿＿＿。

a. がたい　　b. がねない　　c. たまらない　　d. ようがない

15. 道路が混んでいたら、今から行っても間に合わないことも＿＿＿＿＿。

a. あり得る　　b. 起こり得ない　　c. おそれがある　　d. ありかねる

❷ ＿＿＿に入る最も適当なものを a.b.c.d. の中から一つ選んで記号を書きなさい。 （4 × 10 問＝ 40 点）

1. 先月(せんげつ)から、どのパソコンを買(か)うか＿＿＿＿＿。

   a. 決(き)めがねた　　b. 決(き)めかねている

   c. 決(き)めかねない　　d. 決(き)めかねなかった

2. 子(こ)どもの頃(ころ)は吠(ほ)える犬(いぬ)が＿＿＿＿＿。

   a. 怖(こわ)いおそれがあった　　b. 怖(こわ)がりがたかった

   c. 怖(こわ)がりっこなかった　　d. 怖(こわ)くてならなかった

3. 私(わたし)が直接(ちょくせつ)会(あ)って説明(せつめい)したいので、ぜひ、出張(しゅっちょう)に＿＿＿＿＿。

   a. 行(い)っていただけませんか　　b. 行(い)ってさしあげませんか

   c. 行(い)かせていただけませんか　　d. 行(い)かせてさしあげませんか

4. 明日(あした)は一日中(いちにちじゅう)、＿＿＿＿＿ので、会社(かいしゃ)のほうへお電話(でんわ)ください。

   a. 社内(しゃない)にいたします　　b. 社内(しゃない)におります

   c. 社内(しゃない)にいただきます　　d. 社内(しゃない)にぞんじます

5. 社長(しゃちょう)は会議(かいぎ)の時間(じかん)が変更(へんこう)になったことを＿＿＿＿＿。

   a. ご存(ぞん)じです　　b. ご存(ぞん)じられています

   c. 存(ぞん)じました　　d. 存(ぞん)じさせていらっしゃいます

6. 申込(もうしこ)み書(しょ)を今月中(こんげつちゅう)にメールで＿＿＿＿＿。

   a. お送(おく)りください　　b. お送(おく)られてください

   c. 送(おく)りになさってください　　d. 送(おく)りさせになってください

解答 P.104

月　日　/100点

7. 素敵なアルバムをいただきました。＿＿＿＿＿たくさん写真を撮ろうと思います。

   a. これはうえに　　b. これはもとより

   c. これをきっかけに　　d. これをこめて

8. 田村「今日の試合、素晴らしかったね。来週の試合もこの調子でがんばって勝ってね。」

   北川「無理だよ。来週の試合は＿＿＿＿＿。」

   a. 勝ちかねないよ　　b. 勝ちたくてたまらないよ

   c. 勝つのはもちろんだよ　　d. 勝てっこないよ

9. 学生 A「先生、どこに＿＿＿＿＿か知ってる？」

   学生 B「研究室だと思うよ。」

   a. あがる　　b. いらっしゃる

   c. おっしゃる　　d. まいる

10. 田中「山口さんはそちらにおいででしょうか。」

    北川「申し訳ありません。山口はただ今、席をはずしておりますが。」

    田中「そうですか。では、また後ほど＿＿＿＿＿。」

    a. お電話させます　　b. お電話差し上げます

    c. お電話していらっしゃいます　　d. お電話くださいます

総合問題 ① ② ③

今までの問題の総復習です！

本書で取り上げた機能語すべてを対象とした総合問題です。

実際の試験で出題される文法問題と同じ出題形式で、それぞれ 35 問ずつで構成されています。20 分以内に解答することを目安に取り組みましょう。

【総合問題 1】

❶ 次の文の＿＿＿＿にはどんな言葉を入れたらよいか。1・2・3・4 から最も適当なものを一つ選びなさい。（2 × 20 問＝ 40 点）

① 社長（しゃちょう）＿＿＿＿売上（うりあ）げを伸（の）ばす気持（きも）ちがないのだから、社員（しゃいん）が努力（どりょく）する気（き）にならないのは当然（とうぜん）だ。

1　からして　　2　からって　　3　からに　　4　ことから

② このグループは国際交流（こくさいこうりゅう）を目的（もくてき）＿＿＿＿活動（かつどう）している。

1　として　　2　について　　3　によれば　　4　のおかげで

③ 聞（き）いていた評判（ひょうばん）＿＿＿＿、この映画（えいが）はとても面白（おもしろ）かった。

1　といっても　　2　ながらに　　3　につれて　　4　に反（はん）して

④ 姉（あね）は帰（かえ）ってきた＿＿＿＿、すぐに電話（でんわ）をかけ始（はじ）めた。

1　上（うえ）で　　2　かと思（おも）ったら　　3　からでないと　　4　としたら

⑤ 男女（だんじょ）＿＿＿＿、おしゃれな人（ひと）とは自分（じぶん）に似合（にあ）うものを知（し）っている人（ひと）だ。

1　としたら　　2　にしては　　3　はもとより　　4　を問（と）わず

⑥ この映画（えいが）は 5 月（がつ）から 7 月（がつ）＿＿＿＿全国（ぜんこく）で上映（じょうえい）される予定（よてい）だ。

1　からには　　2　にかけて　　3　によって　　4　をきっかけに

⑦ 昨夜（さくや）、コーヒーを＿＿＿＿きり、何（なに）も飲（の）んだり食（た）べたりしていない。

1　飲（の）み　　2　飲（の）む　　3　飲（の）んだ　　4　飲（の）んで

解答P.105～107

月　　日　　/70点

⑧　コピー機を使うなら、＿＿＿＿これもコピーしてくれませんか。

1　一方に　　2　契機に　　3　ついでに　　4　とたんに

⑨　息子の結婚が決まって安心する＿＿＿＿、寂しさも感じる。

1　つつ　　2　反面　　3　に関して　　4　ぬきに

⑩　今日＿＿＿＿レポートを書き終えるぞ。

1　からは　　2　こそ　　3　しか　　4　わりに

⑪　飲めない＿＿＿＿、アルコールを飲みたいとはあまり思わない。

1　かぎり　　2　ことはないが　　3　にしては　　4　ではいられないが

⑫　彼が離婚した原因は、仕事熱心な＿＿＿＿家族と過ごす時間をとろうとしなかったからだろう。

1　あまり　　2　どころか　　3　ほど　　4　わりの

⑬　事務所＿＿＿＿申し込んでください。

1　に際して　　2　のとおりに　　3　をはじめ　　4　を通して

⑭　監督の心配＿＿＿＿、彼女は病気が完全に治る前に練習を始めた。

1　といっても　　2　にしたがって　　3　もかまわず　　4　をめぐって

⑮　十分に調査＿＿＿＿、何も申し上げることはできない。

1　するからには　　2　する上は

3　してならないと　　4　してからでないと

⑯　結婚式が始まったか始まらない＿＿＿＿、もうご両親は涙を流していた。

1　かのうちに　　2　といって　　3　ところに　　4　ものの

⑰ 今から簡単な体操をしますから、私がやる＿＿＿＿手と足を動かしてください。

1 ばかりに　2 に基づいて　3 とおりに　4 からすると

⑱ 初対面の人＿＿＿＿、敬語を使うことが多い。

1 にこたえて　2 に対しては　3 につけ　4 ぬきにしては

⑲ お帰り＿＿＿＿、こちらの資料もどうぞお持ちください。

1 次第では　2 にかけては　3 の際に　4 の末に

⑳ 私は職業＿＿＿＿、いろいろな業種の人と知り合う機会が多い。

1 上　2 に応じて　3 によって　4 をもとに

解答 P.105 ~ 107

❷ 次の文の＿＿＿＿にはどんな言葉を入れたらよいか。1・2・3・4 から最も適当なものを一つ選びなさい。（2 × 10 問＝ 20 点）

① この体操なら簡単にできるので、私のような運動嫌いの人＿＿＿＿。

1　がちだ　　2　こそだ

3　次第だ　　4　向きだ

② こんなひどい接客態度では、社員教育が十分にできていないと＿＿＿＿。

1　言うも構わない　　2　言わざるをえない

3　言わずに違いない　　4　言わないということだ

③ 咳が出るし頭も痛いし、今日は＿＿＿＿。

1　風邪気味だ　　2　風邪ぐらいだ

3　風邪なんかだ　　4　風邪のもとだ

④ 近い将来、この映画のようにロボットが家事をすることも＿＿＿＿。

1　あり得る　　2　ありがちだ

3　起こる一方だ　　4　起こるしかない

⑤ 兄が東京から戻ってくることになった。母がどれだけ喜ぶ＿＿＿＿。

1　からだ　　2　ことか

3　はずだ　　4　わけか

⑥ あんなけがをしたのに優勝したなんて、＿＿＿＿。

1　信じがたい　　2　信じきる

3　信じるまでもない　　4　信じるわけだ

⑦ お礼を申し上げたくて、メールをお送りした＿＿＿＿。

1 うえです　　2 きりです
3 次第です　　4 末です

⑧ 先週は忙しくてスポーツジムに行けなかったから、体を動かしたくて＿＿＿＿。

1 ちがいない　　2 どころではない
3 しょうがない　　4 ようがない

⑨ 医者が足りないから、病院を増やしても受け入れられる患者は増えない＿＿＿＿。

1 わけだ　　2 わけにはいかない
3 わけばかりだ　　4 わけとなっている

⑩ 先生が長い海外生活で体験されたことを研修会で＿＿＿＿。

1 お話しいたしてくださいますか　　2 お話しられてくださいませんか
3 お話しさせていらっしゃいますか　　4 お話し願えませんか

3 次の文の＿＿＿＿にはどんな言葉を入れたらよいか。1・2・3・4から最も適当なものを一つ選びなさい。（2 × 5 問＝ 10 点）

① 3日間休暇を取ってキャンプへ行く予定だったが、台風が来て外へ出ることもできない。＿＿＿＿、この汚い部屋を徹底的に掃除しよう。

1 こうなったからには　　2 こうなったにしては
3 そのように　　4 そのあげくに

解答P.105～107

② 私達が子どもの頃は日が暮れるまで外で泥だらけになって＿＿＿＿＿。最近の子ども達は家でゲームばかりしていて面白いのだろうか。

1　遊びがちがった　　2　遊ぶことになっている

3　遊んだかのようだ　　4　遊んだものだ

③ 彼は会社を辞めたことを友達に話していなかった。そればかりか、＿＿＿＿＿。

1　友達は彼のことを心配していた

2　家族にも話していなかったそうだ

3　今は就職先がみつかって安心している

4　仲のいい友人には話しておいたそうだ

④ 部長「午後の会議の資料、もう＿＿＿＿＿。」

部下「はい。人数分コピーして、会議室に置いてあります。」

1　準備できてならないな　　2　準備できているほかないよね

3　準備できているっけ　　4　準備できているものだね

⑤ 「明日からたばこ吸うの、やめようと思ってるんだ。」

「そんなこと＿＿＿＿＿、何を言ってるの。いつもそう言ってすぐ吸うじゃないの。」

1　できないかぎり　　2　できないくせに

3　できないことに　　4　できまいが

【総合問題 2】

❶ 次の文の＿＿＿＿にはどんな言葉を入れたらよいか。1・2・3・4 から最も適当なものを一つ選びなさい。 (2 × 20 問＝ 40 点)

① 運転手は居眠り運転をしていた＿＿＿＿無免許だったらしい。

1 うえに　　2 ことから　　3 どころで　　4 において

② 工夫＿＿＿＿ごみの量はもっと減らせる。

1 からで　　2 次第で　　3 だけに　　4 をきっかけに

③ 数え＿＿＿＿ぐらいたくさんの種類の花が咲いている。

1 がたい　　2 きれない　　3 ずにいられる　　4 たがる

④ この会社は環境対策を積極的に行っていて、国内は＿＿＿＿、海外からも高い評価を得ている企業だ。

1 一方で　　2 というより　　3 問わず　　4 もとより

⑤ 十分話し合った＿＿＿＿決めたことですから、この決心は変わりません。

1 うえで　　2 くらいで　　3 次第で　　4 ままで

⑥ 何でも最後までやり＿＿＿＿ことが大切だ。

1 かける　　2 こめる　　3 きり　　4 ぬく

⑦ 父は出張へ行く＿＿＿＿お土産を買ってきてくれた。

1 ごと　　2 そばに　　3 たびに　　4 につれて

解答 P.107 ~ 109

月　日　/70点

⑧ 日付が変わらない＿＿＿＿＿、家に帰りたい。

1 あいだ　2 うちに　3 ことに　4 ところ

⑨ 電話で話している＿＿＿＿＿、誰かが訪ねてきた。

1 一方に　2 最中に　3 とたんに　4 もとに

⑩ 医学が進歩する＿＿＿＿＿、人間の寿命がのびてきた。

1 にかかわらず　2 に沿って　3 にはじめて　4 につれて

⑪ インフルエンザが流行し始めたので、学生の健康を第一に考えて、場合＿＿＿＿＿学校を休校にするかもしれない。

1 によっては　2 にこたえて　3 はともかく　4 のわりには

⑫ 妹は＿＿＿＿＿、一つの仕事が続かないので困る。

1 飽きがちで　2 飽きないで

3 飽きるせいで　4 飽きっぽくて

⑬ 田村選手＿＿＿＿＿、オリンピックは子どものころからの夢だった。

1 にあたって　2 にとって　3 として　4 向きに

⑭ ほんのちょっと目を離した＿＿＿＿＿、飼っていた猫がどこかへいなくなってしまった。

1 どころか　2 につけ　3 ばかりに　4 わけで

⑮ 歌うのは＿＿＿＿＿、カラオケには参加しませんでした。

1 苦手だといっても　2 苦手だとしても

3 苦手なものですから　4 苦手な反面

⑯ 日本で就職したいので、いろいろな会社の業務内容だけでなく、業績＿＿＿＿調べている。

1　にあたっても　　2　にかけても　　3　についても　　4　に際しても

⑰ スポーツは練習すればする＿＿＿＿上達する。

1　から　　2　こと　　3　ほど　　4　より

⑱ 私はこの会社に10 年も勤めて＿＿＿＿、まだ社長の顔を直接見たことがない。

1　いたかと思ったら　　2　いながら

3　いるに反して　　4　いるにつけ

⑲ あのレストランは値段が高い＿＿＿＿味がよくない。

1　ところに　　2　つつも　　3　に限って　　4　わりに

⑳ 赤ちゃん＿＿＿＿、田村さんに女の子が生まれたそうですね。

1　といえば　　2　としたら　　3　にしても　　4　によると

月　日　/70点

❷ 次の文の＿＿＿＿にはどんな言葉を入れたらよいか。1・2・3・4 から最も適当なものを一つ選びなさい。 (2 × 10 問= 20 点)

① こんな高級食材(こうきゅうしょくざい)を使(つか)えば、誰(だれ)が料理(りょうり)したっておいしくできる＿＿＿＿。

1　しかない　　2　ではいられない

3　にきまっている　　4　わけでもない

② この地域(ちいき)の人(ひと)は優(やさ)しく、自然(しぜん)も豊(ゆた)かで、将来(しょうらい)ここに住(す)みたいと思(おも)う＿＿＿＿。

1　だけだ　　2　にすぎない

3　ほどだ　　4　向(む)きだ

③ 毎年(まいとし)、1月(がつ)の仕事始(しごとはじ)めの日(ひ)には、社長(しゃちょう)から全社員(ぜんしゃいん)に年頭(ねんとう)の挨拶(あいさつ)をする

＿＿＿＿。

1　ことがある　　2　ことだ

3　ことになっている　　4　ことにはいかない

④ 地震(じしん)のあとは、津波(つなみ)が発生(はっせい)する＿＿＿＿。

1　おそれもある　　2　がちだ

3　だけある　　4　ほかない

⑤ いつもきれいでモデルのような浅野(あさの)さんがオフィスに入(はい)ってくると、春(はる)が来(き)た

＿＿＿＿。

1　かのようだ　　2　ところだ

3　にちがいない　　4　ようもない

総合問題 2

⑥ 10 年ぶりに先生に会えると思ったが、いらっしゃらないとは＿＿＿＿＿。

1 残念きれない　　2 残念なあまりだ

3 残念なことか　　4 残念でならない

⑦ 故郷へ帰るのは、姉の結婚式＿＿＿＿＿。

1 あげくだ　　2 以来だ　　3 くらいだ　　4 契機だ

⑧ 申し訳ありませんが、この件は私からは＿＿＿＿＿。

1 お答えがちです　　2 お答えしかねます

3 お答えのわけにはいきません　　4 お答えになれません

⑨ インターネットで得た情報がいつも正しい＿＿＿＿＿。

1 ことがある　　2 ないことはない

3 に限らない　　4 わけではない

⑩ 大好きなまんが家の新しいまんが本が発売になったと聞いて、＿＿＿＿＿。

1 買わないではいられなかった　　2 買わないこともなかった

3 買うことがなかった　　4 買うはずはなかった

解答 P.107 ~ 109

月　日　/70点

❸ 次の文の＿＿＿＿にはどんな言葉を入れたらよいか。1・2・3・4から最も適当なものを一つ選びなさい。 (2 × 5 問= 10 点)

① 彼は毎日朝早くから夜遅くまで働いている。それに加えて＿＿＿＿ので、家で食事をすることはあまりない。

1 仕事が忙しい　2 週末は家でゆっくりできる
3 月1回は海外出張をする　4 早起きをする

② 藤谷さんはもう報告書を書き上げたらしい。早くてびっくりする。さすがとしか＿＿＿＿。

1 言いようがない　2 言うだけだ
3 言ってはならない　4 言わずにいられない

③ 文句ばかり言ってないで、まずやってみる＿＿＿＿だ。そうすればできることもあるよ。

1 あまり　2 こと　3 はず　4 ほど

④「また引っ越すんだって？」
「だって、今のアパートは駅前で＿＿＿＿。」

1 うるさいがたいよ　2 うるさいんだっけ
3 うるさいくせに　4 うるさいんだもん

⑤ 吉田「明日の花見、高橋さんの弟さんも一緒にどうですか。」
高橋「うーん。弟は花粉症がひどくて、たぶん花見＿＿＿＿と思うよ。」

1 せざるをえない　2 どころじゃない
3 べきじゃない　4 よりほかない

【総合問題 3】

❶ 次の文の＿＿＿＿にはどんな言葉を入れたらよいか。1・2・3・4 から最も適当なものを一つ選びなさい。 (2 × 20 問= 40 点)

① 今の私は大企業の一人の社員＿＿＿＿が、将来は自分で会社を作るつもりだ。

1　さえだ　　2　どころだ　　3　としてだ　　4　にすぎない

② 雨＿＿＿＿、彼は傘を持たないで出掛けて行った。

1　からして　　2　でこそ　　3　にもかかわらず　　4　のもとで

③ 知らない街で道に迷って、泣きたい＿＿＿＿寂しかった。

1　かのような　　2　ぐらい　　3　ばかりか　　4　わりに

④ 医者である＿＿＿＿、人の命を預かる覚悟が必要だ。

1　以上　　2　くせに　　3　ことから　　4　際に

⑤ 健康な＿＿＿＿、世界一周旅行をしたい。

1　上に　　2　うちに　　3　とともに　　4　ながらに

⑥ 子ども＿＿＿＿、何も分からないわけではない。

1　だからといって　　2　だけあって

3　にかかわらず　　4　にしては

⑦ 今ここに100　万円ある＿＿＿＿、何に使いますか。

1　としたら　　2　に伴って　　3　によれば　　4　をきっかけに

月　　日　　　/70点

⑧ うちでは、食事中(しょくじちゅう)に携帯電話(けいたいでんわ)で＿＿＿＿ものなら、父(ちち)から怒鳴(どな)られる。

1 メールして　　2 メールしない

3 メールしよう　　4 メールする

⑨ 私(わたし)は母(はは)が＿＿＿＿出掛(でか)けようと思(おも)って準備(じゅんび)している。

1 戻(もど)ってきたとたんに　　2 戻(もど)ってきたにつれて

3 戻(もど)ってきたらすぐ　　4 戻(もど)ったかわりに

⑩ 去年(きょねん)の同窓会(どうそうかい)で＿＿＿＿、水野(みずの)さんにはメールも電話(でんわ)もしていない。

1 会(あ)った末(すえ)に　　2 会(あ)った反面(はんめん)

3 会(あ)って以来(いらい)　　4 会(あ)ってはじめて

⑪ 悲(かな)しい＿＿＿＿、飼(か)っていた猫(ねこ)がどこかへ行(い)ってしまった。

1 からに　　2 ことに　　3 ものに　　4 わけに

⑫ 電気工事(でんきこうじ)＿＿＿＿、明日(あした)の昼(ひる)、3時間(じかん)電気(でんき)が使(つか)えなくなる。

1 にこたえ　　2 にしたがい　　3 に伴(ともな)い　　4 によれば

⑬ 薬(くすり)を飲(の)み＿＿＿＿すれば治(なお)ると言(い)われた。

1 こそ　　2 さえ　　3 とか　　4 ほど

⑭ 買(か)うかどうかは品物(しなもの)を見(み)た＿＿＿＿決(き)めます。

1 上(うえ)で　　2 次第(しだい)で　　3 とたんに　　4 にあたって

⑮ 計算(けいさん)の速(はや)さ＿＿＿＿、この会社(かいしゃ)では誰(だれ)にも負(ま)けません。

1 にかけては　　2 に沿(そ)って　　3 の際(さい)に　　4 をめぐって

総合問題 3

⑯ このドレスはデザインが素晴らしい＿＿＿＿、生地に問題がある。

1 からいって　2 つつあるが　3 ものの　4 を問わず

⑰ 平日は忙しくて、遊ぶ＿＿＿＿寝る時間もない。

1 どころか　2 にせよ　3 に対して　4 ほど

⑱ 彼は歌も上手＿＿＿＿ダンスもうまくて、うらやましい。

1 なら　2 なわけで　3 にしても　4 にもかかわらず

⑲ 彼女の忙しさ＿＿＿＿、まるで大統領みたいだよ。

1 といったら　2 にしては　3 に基づいて　4 のわりには

⑳ この店はチーズケーキ＿＿＿＿、プリンやタルトなどもおいしくて有名です。

1 といった　2 どころではなく　3 に関する　4 をはじめ

解答 P.109 ~ 111

月　　日　　　/70点

❷ 次の文の＿＿＿＿にはどんな言葉を入れたらよいか。1・2・3・4 から最も適当なものを一つ選びなさい。（2 × 10 問＝ 20 点）

① 仕事(しごと)をやめたので、お金(かね)は出(で)ていく＿＿＿＿。

1　一方(いっぽう)だ　　2　かねない

3　せいだ　　4　に限(かぎ)る

② 関東地方(かんとうちほう)に大型(おおがた)の台風(たいふう)が近(ちか)づき＿＿＿＿。

1　次第(しだい)だ　　2　だらけだ

3　つつある　　4　に違(ちが)いない

③ 田村(たむら)さんが変(へん)な顔(かお)をしたから、＿＿＿＿。

1　笑(わら)わずにはいられなかった　　2　笑(わら)わせずにならなかった

3　笑(わら)わないどころではなかった　　4　笑(わら)わなくてたまらなかった

④ この映画(えいが)のストーリーは日本(にほん)で本当(ほんとう)に起(お)こった事件(じけん)＿＿＿＿。

1　にこたえている　　2　に基(もと)づいている

3　をめぐっている　　4　を向(む)いている

⑤ 環境問題(かんきょうもんだい)を解決(かいけつ)するために、一人(ひと)ひとりができることを実行(じっこう)する＿＿＿＿。

1　以上(いじょう)だ　　2　きりだ

3　ほどだ　　4　べきだ

⑥ 雪(ゆき)が溶(と)けて春(はる)が来(く)るのを＿＿＿＿。

1　待(ま)ちかねている　　2　待(ま)っているものだ

3　待(ま)ってならない　　4　待(ま)つにきまっている

⑦ あれ？彼(かれ)はもう外出(がいしゅつ)したの？このお弁当(べんとう)、まだ＿＿＿＿＿。

1 食(た)べているうちなのに　　2 食(た)べ得(え)るのに

3 食(た)べかけなのに　　4 食(た)べがたいのに

⑧ 急(いそ)いで書(か)いたから、このレポートは＿＿＿＿＿。

1 間違(まちが)いあまりだ　　2 間違(まちが)いがちだ

3 間違(まちが)い気味(ぎみ)だ　　4 間違(まちが)いだらけだ

⑨ 私(わたし)がまじめに生(い)きてこられたのは高校時代(こうこうじだい)の先生(せんせい)のおかげ＿＿＿＿＿。

1 に沿(そ)った　　2 にほかならない

3 のもとだ　　4 のわけにもいかない

⑩ お口(くち)に合(あ)うかどうかわかりませんが、遠慮(えんりょ)なさらないで、どうぞたくさん＿＿＿＿＿。

1 おめしあがりください　　2 おめしになってください

3 おめしになられてください　　4 めしあがられてください

❸ 次の文の＿＿＿＿＿にはどんな言葉を入れたらよいか。1・2・3・4 から最も適当なものを一つ選びなさい。（2 × 5 問＝ 10 点）

① 工事(こうじ)を今月中(こんげつちゅう)に終(お)わらせるように言(い)われた。しかし現状(げんじょう)＿＿＿＿＿、それは無理(むり)だ。

1 からいって　　2 からかけては

3 からには　　4 ことから

解答P.109～111

月　　日　　　/70点

② 彼は体調が悪いのに仕事が多くてまだまだ帰れそうもない。私達も忙しいけど、無視する＿＿＿＿。手伝ってあげよう。

1　かのようだ　　　　2　ぐらいだ

3　ことになっている　　　　4　わけにもいかない

③ 魚釣りに行ったが、今日は全然釣れない。＿＿＿＿、雨が降ってきたので、やめて帰ってきてしまった。

1　そのうえ　　　　2　その末

3　そのせいで　　　　4　そのわりに

④「うちの息子、学校でどんなことがあったか、全然話してくれないのよ。」

「そんなこと、高校生の男の子がいちいち＿＿＿＿。」

1　話さないわけだよ　　　　2　話しがたいよ

3　話しっこないよ　　　　4　話すおそれがないよ

⑤「佐藤さん、会議中に大声で怒鳴ったらしいね。」

「ええ？あの人＿＿＿＿、そんなことはしないと思うけど。」

1　に限って　　　　2　に関して

3　にとって　　　　4　に反して

Unit 1 解答・解説

【解答】

STEP 1

❶ 1. 始めて　2. 冷めない　3. 見た　4. ならない　5. 購入する
6. 運転している　7. やり　8. 着き　9. 迎える　10. 開通する

❷ (A) 1. たびに　2. とたんに　3. うちに　4. 最中　5. ところに
(B) 1. に先立って　2. においても　3. にわたって　4. 以来　5. にかけて

STEP 2

❶ 1. b　2. b　3. a　4. d　5. a　6. c　7. c　8. c　9. b　10. a　11. d　12. b
13. d　14. b　15. d

❷ 1. c　2. d　3. b　4. c　5. b　6. a　7. c　8. c　9. a　10. b

【解説】

STEP 2

❶ 2. 要選「ヨガをやり続けている間に」意思的選項。●参考書 p. 28

5. 要選可以表示「在某一領域」的「～において」。●参考書 p. 16

11. 表示「一直重覆」所以「～ては」是答案。如果題目中的選項是辭書形的「思い出を話す」的話，「たびに」的答案也是正確。●参考書 p. 40, 41

12. 後方接的句子是表示說話者意志，所以答案是「次第」。●参考書 p. 34

14. 「～か～ないかのうちに」的句型的句子。●参考書 p. 37

15. 因為是前面接「3か月」的表示期間的語彙，所以答案是「にわたって」。●参考書 p. 17

❷ 3. 「～かと思うと」句型中，後面接的內容不能跟說話者的行動相關，但是可以用於表示第3者的。另外，也不能接續表示說話者意志或命令的內容。●参考書 p. 36

4. 後面接表示「情感或思考等心情」的句子。●参考書 p. 42

7. 「～たとたん」的後面的句子，會出現「發生說話者意料之外的事」的內容。●参考書 p. 35

8. 「売り切れないうちに」是「売り切れる前に」、「まだ売っている間に」的意思。●参考書 p. 29

10. 「～て以来」表示「之後仍持續該狀態」，所以要選表示「持續某狀態」的選項。●参考書 p. 19

Unit 2 解答・解説

【解答】

STEP 1

❶ 1. 接近し　2. 調査した　3. してみた　4. 言い　5. やんで
6. 進む　7. 話し合った　8. 重ねる　9. 小さい　10. 残念である

❷ 1. ×　2. ○　3. ×　4. ×　5. ○

❸ 1. つつも　2. はじめて　3. ところ　4. ともに　5. ともなって

STEP 2

❶ 1. a　2. b　3. d　4. a　5. a　6. c　7. d　8. c　9. b　10. d
11. b　12. d　13. c　14. a　15. c

❷ 1. d　2. b　3. c　4. b　5. a　6. b　7. d　8. a　9. c　10. b

【解説】

STEP 1

❷ 1. 「～一方だ」的前面要接表示變化的語詞。「深刻になる一方だ」是正確的。參考書 p. 60
2. 以這句來說的話，「年をとる」不是一次性的，而是表示「毎年、年をとっていく」。參考書 p. 71
3. 「～てからでなければ」後面的內容要接「契約は結べません」。參考書 p. 46
4. 「転んでけがをしてしまった」不是意志動作，所以不能用「～上で」。參考書 p. 48
5. 敘述「做了許多之後……，結果是不好的」的話，要用「～あげく」。參考書 p. 53

STEP 2

❶ 4. 這裡的「ながら」是「～のに、～けれども」的意思，是逆接的用法。參考書的（2）的用法。參考書 p. 65
7. 「生きぬいた」表示「雖然有困難或是生命的危險，但是克服困難安然度過」的意思。參考書 p. 54

❷ 1. 這裡的「つつも」是逆接的用法，是參考書（2）的用法。要選擇前後文逆接的選項。參考書 p. 64
2. 「～てはじめて」的後面內容，不能是意志或要求的表現。所以不能用「～ましょう」、「～てください」、「～べきだ」等選項。參考書 p. 47
3. 後面接表示變化的句子。「疎遠」是沒有連絡、往來的意思。參考書 p. 71
7. 「微力ながらも」是「私はあまり力にはなれませんが（本人力有未逮）」的意思。用在謙遜地敘述自己的事物。參考書 p. 65
8. 要選擇表示繼續性變化的選項。參考書 p. 70

Unit 3　解答・解説

【解答】

STEP 1

❶ 1. 便利になる　2. できない　3. 高けれ　4. 運動する　5. 派手な（派手である）

❷ 1. に　2. を　3. も　4. に　5. は

❸ 1. c　2. d　3. a　4. e　5. b

❹ 1. に対して　2. を問わず　3. ぬきにして　4. ほど　5. につき

STEP 2

❶ 1. d　2. c　3. d　4. b　5. a　6. b　7. b　8. b　9. c　10. b
11. b　12. a　13. b　14. b　15. a

❷ 1. c　2. a　3. c　4. d　5. c　6. a　7. b　8. a　9. c　10. c

【解説】

STEP 2

❶ 5. 本句意思是「目前還不確定自己是否認同兒子想留學的理由，但是對他要用自己的存款去留學表示贊同。」句中含有不贊成留學的意思。 参考書 p. 101

7. 「ところかまわず」是「どんな場所でも・いろいろな場所で」的意思。是慣用表現。 参考書 p. 100

11. 這裡的「必要に応じて」是「必要なら・必要になったら」的意思。 参考書 p. 76

❷ 4. 本句中的「かわりに」是「～するので、それと引き換えに」的意思。参考書的（2）的例。 参考書 p. 84

5. 使用「～ぬきには…ない」句型的句子，所以要選含否定的表現的選項。参考書的（2）的用法 参考書 p. 102

7. 「ご多忙にもかかわらず」是「忙しいのに」的尊敬式說法。後面接的，大部分是表示感謝的內容。 参考書 p. 97

10. 「～をめぐって」句型中，不可以使用在單一動作者的事物上。 参考書 p. 91

Unit 4 解答・解説

【解答】

STEP 1

❶ 1. 好きだ　2. 言った（言う）　3. 買う　4. 就職しなかった
5. 仕事熱心な（仕事熱心である）

❷ 1. b　2. c　3. e　4. d　5. a

❸ (A) 1. として　2. といっても　3. からして　4. にしても　5. としたら
(B) 1. のように　2. に沿って　3. を中心として　4. に基づいて　5. からすると

STEP 2

❶ 1. d　2. a　3. a　4. c　5. d　6. d　7. a　8. a　9. b　10. b　11. b　12. a
13. c　14. b　15. c

❷ 1. b　2. a　3. c　4. a　5. c　6. d　7. c　8. d　9. c　10. b

【解説】

STEP 2

❶ 5. 為了達到「私にも分かる」的目的，所以要「ゆっくり話してください」的意思。這裡的「分かる」表達可能的意思。●參考書 p. 131

6. 指「針對招呼語，進行各種語言的比較」的意思。●參考書 p. 129

10. 使用「～を～とする」的句型。●參考書 p. 130

11. 表示「不管是從重量面或是性能面來看」的意思。●參考書 p. 112

13. 表示「要是明天之前不能完成報告的話……」的假定表現。●參考書 p. 107

❷ 1. 「～をもとにして」的後面的句子中，常出現「作る・書く・開発する」等意思的詞彙。●參考書 p. 125

3. 「思ったように体が動かない」是「身體無法按腦袋裡想的、思考的去動作；腦子裡想的，跟實際的動作不同」的意思。●參考書 p. 131

4. 要從「以 8 歲的小孩的立場來看……」的意思，去選答案。●參考書 p. 104

6. 「両親にしても」是「即使以父母的立場考量，或以其他的立場考量，也……」的意思。在本文中是「即使以父母的立場考量，或是以自己本身的立場考量，也……」的意思。●參考書 p. 106

8. 前面是「本当だとしても」，是「もし～でも」的逆接假定條件句型。●參考書 p. 105

Unit 5　解答・解説

【解答】

STEP 1

❶ 1. お金持ちの　2. 住んでみない　3. 無事なら　4. うるさい　5. 神経質な
6. 話す　7. なかった　8. よければ　9. 覚えない　10. 聞く

❷ 1. ○　2. ×　3. ×　4. ○　5. ×

❸ 1. によって　2. さえ　3. ほど　4. こそ　5. 上

STEP 2

❶ 1. c　2. d　3. c　4. a　5. a　6. d　7. d　8. a　9. c　10. d　11. b　12. b
13. a　14. b　15. d

❷ 1. b　2. b　3. b　4. c　5. a　6. c　7. b　8. d　9. c　10. b

【解說】

STEP 1

❷ 2.　「～に限って」後面接表示「發生不好的，或是不希望發生的狀況」的內容。 ●參考書 p. 141

3.　「～にしては」是用在敘述「不符合」的事物，所以不能使用「ぴったりだ」。●參考書 p. 147

5.　「～によれば」表示傳聞、資訊來源，所以「私の決心によれば」的說法不正確。●參考書 p. 137

STEP 2

❶ 1.　敘述「預想中，認為手機拍的照片比不上一般照機拍的，但是事實不是如此」。 ●參考書 p. 147

2.　機能語「～によって、により、による」在句末出現的句子。●參考書 p. 135

3.　以輕視的態度敘述「荷包蛋是容易做的料理」的內容。參考書的（2）的用法。 ●參考書 p. 154

6.　因為是表示「どのくらい辛いか＝口の中が痛くなるのと同じ程度」，所以答案是「ほど」。●參考書 p. 153

11.　強調表示「他の人が怒るのは分かるが、いつもは優しくて怒らない父までも怒った」。●參考書 p. 159

14.　使用「～ぐらい～はない」句型的句子。●參考書 p. 155

15.　敘述「人生巨大轉變的原因」。參考書的（3）的用法。●參考書 p. 136

❷ 8.　使用「～ほど～はない」句型的句子。●參考書 p. 155

9.　「話さないかぎり」表示「話さなければ」的意思。整句的意思是「不將心中的想法說出來的話，就無法傳達想法給對方」「說出心中的想法，就能傳達自己的意思」●參考書 p. 140

Unit 6 解答・解説

【解答】

STEP 1

❶ 1. 笑わ　2. 読み間違えた　3. 悔し　4. 働く　5. 満足　6. あきらめる　7. 来る（来）
8. 無関心になり　9. 従わ　10. 当然である

❷ 1. だらけだ　2. とか　3. まい　4. べきだ　5. 気味だ

❸ 1. 冗談にすぎない（ただの冗談にすぎない）　2. 行くしかない　3. 負けるにきまっている
4. 安くなるまい　5. 行かないこともない

STEP 2

❶ 1. c　2. b　3. b　4. a　5. b　6. a　7. a　8. d　9. c　10. b　11. a　12. c
13. b　14. d　15. c

❷ 1. c　2. a　3. c　4. c　5. d　6. d　7. a　8. a　9. a　10. b

【解説】

STEP 2

❶ 1. 表示「不是自己想做，是被公司要求，非得做不可」，使用「～ざるをえない」句型。⬢参考書 p. 171

4. 表示「除了做之外別無他法、非做不可」。⬢参考書 p. 165

9. 「とか」表示傳聞。⬢参考書 p. 185

10. 敘述因為多次打電話都沒人接，所以確信一定不在家。⬢参考書 p. 170

14. 使用「V（よ）うかVまいか」句型。第一個動詞要用意向形。⬢参考書 p. 183

❷ 1. 「言わざるをえない」是「言いたくない（認めたくはない）が、～だということだ（～だと言わなければならない）」的意思。⬢参考書 p. 171

3. 「焦り気味」表示「感覺有些焦慮」的意思。⬢参考書 p. 188

5. 「言わないではいられない」意思是「雖然沉默為佳，但是壓抑不住想說的衝動」、「無法保持沉默」。⬢参考書 p. 173

Unit 7 解答・解説

【解答】

STEP 1

❶ 1.ご指導の　2.よけれ　3.退屈　4.引き受ける（引き受けた）　5.食事する

❷ 1.に　2.を　3.に　4.か　5.の

❸ 1.c　2.e　3.a　4.b　5.d

❹ 1.など　2.あまり　3.といった　4.というより　5.からには

STEP 2

❶ 1.b　2.b　3.d　4.d　5.b　6.a　7.d　8.d　9.c　10.b　11.d　12.c　13.c　14.a　15.c

❷ 1.d　2.d　3.c　4.b　5.a　6.a　7.b　8.d　9.b　10.b

【解説】

STEP 1

1. 句中的「なんて」表示特別提出那樣的事，以表示意外的口氣。 ●參考書 p. 202
2. 「以上」有「～のだから」的意思。後面的句子中，接「責任、覺悟……」等內容。 ●參考書 p. 212
3. 「AばかりでなくB」是「不僅是A，B也……」的意思，所以後面要接「除了工作及研究所之外，再加上……」的句子。 ●參考書 p. 206
4. 「おかげで」表示產生良好結果的原因、理由，後面要接表示好結果的內容。 ●參考書 p. 218
5. 「せいか」表示可能是因為某原因導致不好的結果，後面要接表示壞結果的內容。 ●參考書 p. 219

STEP 2

❶ 2. 這裡的「なんか」是例舉的表現。以「我」為例敘述。 ●參考書 p. 202

4. 表示「背が低い」是當不成空姐的理由。 ●參考書 p. 220

7. 「～やら～やら」是舉多個例子的說法，「やら」可以用在舉3個以上。 ●參考書 p. 195

11. 使用「～も～ば～も～」的句型的句子。 ●參考書 p. 194

❷ 3. 這裡的「なんて」表示「特別提出……」，以表示意外的口氣。「思ってもみなかった」是「從沒想像過」的意思。 ●參考書 p. 202

9. 「それどころではなく」表示「因為某理由，而沒那種心情，或是無法產生那種心情」的意思。本句中是表示「無法一個禮拜去看一次電影」。 ●參考書 p. 209

Unit 8 解答・解説

【解答】

STEP 1

❶ 1. 厳しかった　2. 意外な　3. 変わる　4. 好調な　5. ない

❷ (A)　1. わけだ　2. ということだ　3. ことだ　4. ものがある　5. というものでもない

(B)　1. ことに　2. ものだから　3. ものなら　4. わけではない　5. ことだから

❸ 1. 恥ずかしいものか　2. 食べることだ　3. いただくことになっている　4. 飲むわけにはいかない

5. 無理というものだ（それは無理というものだ）

STEP 2

❶ 1.b　2.c　3.a　4.b　5.d　6.d　7.d　8.c　9.a　10.d　11.c　12.c

13.b　14.c　15.b

❷ 1.c　2.b　3.c　4.a　5.d　6.a　7.c　8.d　9.a　10.b

【解説】

STEP 2

❶ 3.　表示「獲得很大的幫助」的意思。「ことか」常與「どんなに・どれだけ・なんと・何度」等等一起使用。⬢参考書 p. 230

8.　「V意向形＋ものなら」表示「もし～したら、大変なことになる」的意思。後面會出現表示嚴重事態的句子。參考書的（2）的用法。⬢参考書 p. 249

11.　「こととなっております」是「こととなっている」客氣用法。⬢参考書 p. 237

14.　「～わけにはいかない」是「～できない」的意思。「～ないわけにはいかない」則是「～なければならない」的意思。本句是「其他的店便宜的話，我們家也得便宜下來」的意思。⬢参考書 p. 227

❷ 2.　表示「雖然覺得冷，但是能接受那個理由」。參考書的「わけだ」的（2）的用法。「見てごらん」的後面接表示寒冷的理由。⬢参考書 p. 225

3.　「ご苦労なことだ」表示覺得「とても大変だ、ご苦労さまだ」。不會出現「苦労なことだ」的用法。⬢参考書 p. 231

8.　要選擇「非常不善長」的意思的選項。⬢参考書 p. 243

Unit 9 解答・解説

【解答】

STEP 1

❶ 1. 判断し　2. 下手な（下手である）　3. 会いたくて　4. 津波の　5. 知り　6. つけ　7. みつかり　8. 耐え　9. 格好いい　10. 不思議で

❷ 1. をきっかけに　2. のみならず　3. うえに　4. を通して　5. をこめて

❸ 1. お腹がすいてしょうがない　2. 連絡しようがない　3. 起こり得る　4. できっこない　5. 流出するおそれがある

STEP 2

❶ 1.d　2.d　3.a　4.b　5.c　6.b　7.d　8.b　9.a　10.c　11.c　12.b　13.c　14.c　15.a

❷ 1.b　2.d　3.c　4.b　5.a　6.a　7.c　8.d　9.b　10.b

【解説】

STEP 2

❶ 1. 表示「沒有手段、方法，所以做不到～」，「～ようがない」為正確答案。⬢参考書 p. 257

2. 「～を通して」或是「～を通じて」都適用。⬢参考書 p. 268

6. 「～うえ（に）」「～の上で」「～上（は）」「～上は」是 N2 出題內容，各位要確實掌握各個的意思及用法。本句中，是「～。そして～」的意思。表示「除了～之外，另外還加上～」。⬢参考書 p. 273

15. 「あり得る」表示「有其可能性」。⬢参考書 p. 260

❷ 1. 「～かねる」是「無法」的意思。「決めかねている」則是表示「猶豫而無法決定」⬢参考書 p. 262

3. 「動詞の使役形＋ていただけませんか」表示「要求許可」。由「我」去做「行く」的行為。⬢参考書 p. 281

4. 「います」的謙讓語是「おります」。⬢参考書 p. 279

5. 「知っています」的尊敬語是「ご存じです」。⬢参考書 p. 279

6. 「お～ください」用來表示「請託、指示……」。⬢参考書 p. 280

9. 「いる」的尊敬語是「いらっしゃる」。即使是同學之間的會話，「いる」這個動作是屬於「先生」，所以要使用尊敬語。⬢参考書 p. 279

10. 「電話します」的謙讓表現是「お電話差し上げます」。「電話する」的動作主是「田中」。⬢参考書 p. 281

総合問題①・②・③ 解答・解説

【総合問題１　解答・解説】

❶

① 1　「社長からして」表示「身為公司代表的總經理都如此了，員工理當也是如此」的意思。⬢參考書 p. 113

② 1　使用「～を～として」的句型。「Aを目的 として」表示「A＝目的 」。⬢參考書 p. 130

③ 4　意思是「與耳聞的評價不同，（電影）十分有趣」。也就是說，在看之前有聽說電影不甚有趣。。⬢參考書 p. 79

④ 2　「Vた形＋かと思ったら」同「Vするとすぐに」，是「做了～，馬上～」的意思。⬢參考書 p. 36

⑤ 4　「男女を問わず」同「男女どちらでも」、「男か女かに関係なく」表示「無論男女都～」的意思。⬢參考書 p. 95

⑥ 2　「～から～にかけて」表示「～から～までの間」的意思。⬢參考書 p. 18

⑦ 3　表示「昨天喝了咖啡後，後來什麼都沒吃」的意思。「～きり」的（1）的用法，要以動詞た形接續。⬢參考書 p. 58

⑧ 3　表示請求「你用影印機時，也同時幫我印我的東西」。有「屆時一起～」的意思。也會加入「ついでに」使用。⬢參考書 p. 66

⑨ 2　敘述「安心する」的正面心情與「寂しさを感じる」的負面心情，這兩種心情由「反面」這個字彙來連結。⬢參考書 p. 82

⑩ 2　強調不是明天也不是後天而是「今日」——「今日は絶対に書き終える」。⬢參考書 p. 158

⑪ 2　「飲めないことはない」表示「不是完全不能喝，而是略微能喝」的意思。全句中的意思是「能喝些酒，但是不是很愛喝」。⬢參考書 p. 176

⑫ 1　「熱心なあまり」是「過於熱心」的意思，後面接不好的結果。⬢參考書 p. 221

⑬ 4　利用「～を通して」表示媒介的事物。本句意思是「（不要個人直接提出申請）由單位進行申請手續」的意思。⬢參考書 p. 268

⑭ 3　「～もかまわず」意思是「不要在意～」。在本句中表示「不在意教練的擔心，開始練習」。⬢參考書 p. 100

⑮ 4　使用「～てからでないと」句型，表示「調查之前無可奉告、得調查之後才能報告」。⬢參考書 p. 46

⑯ 1　句子中使用「VかVないかのうちに」的句型。大部分的情況，第一個動詞與第二個動詞是同一個，表示「做某動作的同時～」。句子的意思是「結婚典禮開始的同時，父母親都流下眼淚」⬢參考書 p. 37

⑰ 3　意思是「照著我去做～」、「請模仿我，做～」。⬢參考書 p. 122

⑱ 2　利用「～に対して（は）」指出「行為、態度」的對象。⬢参考書 p. 90

⑲ 3　「お帰りの際に」是「帰る時に」的客氣用法。⬢参考書 p. 22

⑳ 1　「職業上」是指「職業（工作）方面～」。從工作性格或是內容上來看，會有許多機會遇到多種行業的人。⬢参考書 p. 142

❷

① 4　適合、符合討厭運動的人的意思。⬢参考書 p. 149

② 2　「言わざるをえない」表示「我不想這麼說，但是就是～；我不認同～，但是不得不說～」。⬢参考書 p. 171

③ 1　表示「有點感冒，出現些微的感冒症狀」。⬢参考書 p. 188

④ 1　「あり得る」表示可能性。「ありがち」則是表示「事情頻繁發生、常有～」。「起こる一方だ」則是「一直發生」的意思。「～しかない」表示「別無他法，不得已只好做～」。⬢参考書 p. 260

⑤ 2　「～ことか」表示「強烈感受到～」，常與「どれだけ・どんなに・何度…」一起使用。⬢参考書 p. 230

⑥ 1　「～がたい」表示「難以做～」，「信じがたい」是「難以相信、無法相信」的意思。⬢参考書 p. 263

⑦ 3　表示「因為想要道謝，所以寄了電子郵件」。使用「次第だ」表示「事物的經過、理由」⬢参考書 p. 55

⑧ 3　強烈地表示「体を動かしたい」的感覺或希望。「～てしょうがない」表示「到無法忍受的程度、非常～」⬢参考書 p. 254

⑨ 1　敘述：因為「医者が足りない」的事實，所以得到「受け入れられる患者は増えない」的結論。使用「わけだ」表示「得到～的結論」。⬢参考書 p. 225

⑩ 4　使用「お／ご～願う」句型。「お／ご～願えませんか」則是表示請求。⬢参考書 p. 281

❸

① 1　「こうなったからには」同「こうなったのだから」，是「因為變成如此，所以～」的意思。本句意思是「休息3天，但是卻無法外出，所以～」。⬢参考書 p. 214

② 4　使用「ものだ」表示「以前常做～」，是参考書的（3）的用法。動詞要用「た形」接續。⬢参考書 p. 244

③ 2　「～ばかりか」表示「不僅是～，更～」，後面接上追加的內容。後文接上比「友達に話していなかった」程度更甚的內容。⬢参考書 p. 206

④ 3　經理確認會議的資料準備好了沒。「っけ」同「～でしたか・～かな」，表示確認。在口語會話中使用。⬢参考書 p. 184

⑤ 2　「～くせに」表示「～のに（卻～）」。意思是「認為對方無法戒菸，但是卻～」，帶有責備的意味。說話者心裡認為「就算說要戒，也馬上又抽起來了吧？」
●參考書 p. 148

【総合問題 2　解答・解説】

❶

① 1　表示「打瞌睡再加上無照駕駛，這種壞事加乘狀態」。「～うえに」表示「～。そして」的意思。是「除了～再加上～」的表現。●參考書 p. 273

② 2　「工夫次第で…」表示「依設想的方法不同而～」、「因應設想方法而～」。「～次第で…」之外，還有「～次第だ」、「～次第、…」等表現方式。請確實掌握其不同的意思及用法。●參考書 p. 134

③ 2　「～きれない」表示「無法完全～」。「数えきれないぐらいたくさん」則是表示「多到數不清」。「～ずにいられる」則是表示「可以不做～；可以忍受不做～」的意思。●參考書 p. 59

④ 4　「～はもとより」表示「～は當然（～是當然的～）」。「それだけなく…」則是表示「除此之外，再加上～」。相似的表現有「～はもちろん」。
●參考書 p. 274

⑤ 1　「～うえで」有「～してから・～のあとで」和「～の面で」兩種意思。但是這裡表示的是「～してから・～のあとで」的意思。參考書的（1）的用法。
●參考書 p. 48

⑥ 4　表示「做到最後」的意思。不會用在表示「簡單就可以完成的事物」上，有「努力地完成～」、「徹底地完成」的語意。●參考書 p. 54

⑦ 3　以「～たびに」的句型表示「～的時候總是～」。這句的意思是「父親出差時總是每次都買禮物回來」。●參考書 p. 40

⑧ 2　「～ないうちに」表示「～之前」。本句的意思是「想在晚上 12 點之前回到家」。「日付が変わらないうちに」則是「午夜 0 點之前」的意思。
●參考書 p. 29

⑨ 2　利用「～最中に」的句型表示「正在做～時、正在做～時發生～」。動詞要以「Vている」接續。●參考書 p. 28

⑩ 4　「AにつれてB」表示「A 產生變化時，伴隨著 B 產生變化」的意思。A 與 B 都是表現變化的內容。相似的表現有「～にしたがって」、「～に伴って」、「～とともに」等等。●參考書 p. 71

⑪ 1　「～によっては」表示「依～的狀況、場合，會～」的意思。「場合によっては学校を休校にするかもしれない」則是「可能有幾種狀況，有時可能學校會停課」。參考書的（2）的用法。●參考書 p. 135

⑫ 4　「飽きっぽい」表示「無法長時間持續、集中，或是對事物馬上就厭煩」。
●参考書 p. 190

⑬ 2　要表現出「就田村選手來看，會怎麼認為呢？會有什麼想法呢？」。所以選「～にとって」的答案。●参考書 p. 104

⑭ 3　「～ばかりに」表示「～だけが理由で　(僅～的理由，就～)」。表示「理由僅是如此，但是卻是決定性的理由」。「目を離す」意思是「不看～，而去看別的～」●参考書 p. 220

⑮ 3　「～ものだから」表示理由。多半用在個人的理由或是藉口等等。●参考書 p. 248

⑯ 3　「～について」是「～に関係して・～のことで」的意思。相似的說法有「～に関して」。●参考書 p. 88

⑰ 3　使用「～ば～ほど…」的句型。有「做了～，就會更加～」的意思。「～ば～ほど」句型中有 2 個「～」是用同一詞彙。●参考書 p. 77

⑱ 2　「～ながら」可以表示「做～的同時，做～」的意思，也可以表示「雖然～」。本句中是「雖然～」的意思。「雖然工作了 10 年，但是～」的意思。●参考書 p. 65

⑲ 4　使用「～わりに」表示「與～不符合、不相稱，程度不符合」。預期中「價格貴→味道好」，但是事實是「價格貴→味道不佳」，用「～わりに」表示出程度不符合。●参考書 p. 146

⑳ 1　「～といえば」敘述「提到小嬰兒，想起～」。相同的表現有「～というと」、「～といったら」。●参考書 p. 117

❷

① 3　表示斷然確信可以說「不管誰來料理，必定都可以做得很好吃」。「～にきまっている」是強勢的說法。●参考書 p. 164

② 3　「～ほど」表示同程度的內容。「『この地域の人は優しく、自然も豊か』是到什麼樣的程度呢？是到了『ここに住みたいと思う』的程度」。「～ほど」也常在句中使用，像是「将来ここに住みたいと思うほど、この地域の人は優しく、自然も豊かだ。」。●参考書 p. 153

③ 3　像是「預定、慣例、規則等等固定的事物」可以由「～ことになっている」來表示。本句中，總經理每年致辭是一種慣例。●参考書 p. 237

④ 1　「おそれがある・おそれもある」表示「可能發生不好的事物」。
●参考書 p. 261

⑤ 1　句中表示的並不是真的春天來到了辦公室，而是譬喻「宛如春天來了似的」。「～かのようだ」表示「原本並非如此，但是宛如～似的。這裡表示「宛如春天來了似的快活氣氛」。●参考書 p. 179

⑥ 4　「～てならない」表示說話者無法抑制的心情。「残念でならない」表示「強烈地感覺非常遺憾」。参考書 p. 255

⑦ 2　用「～以来」表示「從姐姐的結婚典禮之後到目前為止，一直維持著『沒有回到故鄉』的狀態」。以動詞的「て形」及名詞接續。参考書 p. 19

⑧ 2　「～かねる」表示「無法～」。客氣地拒絕時，可以使用「～かねます」。「お答えしかねます」則是客氣地表示「無可奉告」。参考書 p. 262

⑨ 4　「いつも正しいとは言えない」表示部分否定，所以要用「～わけではない」表達。相似的說法還有「～とは限らない」。参考書 p. 226

⑩ 1　「～ないではいられない」是「無論如何都要做～」的意思。表示無法抑制某種心情。「買わないではいられない」表示「無法抑制想買的心情、非買不可」的意思。参考書 p. 173

❸

① 3　「～に加えて」是「添加～」的表現，表示「不僅～，更加上～」。本句中，除了「朝早くから夜遅くまで働いている」之外，再加上某狀況，所以導致「家で食事することはあまりない」的情況。参考書 p. 272

② 1　表示「さすがとしか言えない」（只能說是～）的內容，所以要選用「～ようがない」句型。「～ようがない」表示「無法～」。是表示「沒有其他的方法、手段等，所以無法～」的句型。参考書 p. 257

③ 2　「～ことだ」表示「給與～建議」，是「做～比較好、去做～」的意思。參考書的（2）的意思。参考書 p. 231

④ 4　「～もん」是「～もの」的口語形式，用在朋友、家人等關係親近的人之間。表示理由。在本文中，因為吵鬧而搬家。参考書 p. 242

⑤ 2　「花見どころじゃない」表示因為某原因而無法去賞花，或是與不起賞花的情緒。本句中，提出的是「弟弟因為花粉症嚴重而不能去賞花」。参考書 p. 209

【総合問題 3　解答・解説】

❶

① 4　「一人の社員にすぎない」表示輕視地敘述自己「在眾多的人之中，我僅是一名小小員工而已」。参考書 p. 177

② 3　「儘管下雨」的意思。参考書 p. 97

③ 2　是多麼的「寂寞」呢？「寂寞得想哭」的程度。参考書 p. 154

④ 1　「医者なのだから」表示「因為是醫師」的責任與覺悟。参考書 p. 212

⑤ 2　「健康である間に」表示「變為不健康之前」的意思。参考書 p. 29

⑥ 1　表示「不能單單就以『是小孩子』的理由，說他什麼都不知」。参考書 p. 118

⑦ 1　表示假定「要是有 100 萬日圓的話～」。参考書 p. 107

⑧ 3　意思是「要是做了～，就會糟了」。「～ものなら」句型中，動詞要以意向形接續。●參考書 p. 249

⑨ 3　能夠表達出「母親回來後，我想要出門」的意思的選項，只有 1。「～たとたんに」表達不出說話者的意思。「～かわりに」表示「與其相當，其回應的是～」的意思。「～につれて」是「因應一方的變化，另一方也產生變化」的意思。
●參考書 p. 35、p. 36、p. 37

⑩ 3　「去年同學會見面後，到目前為止都不曾打電話或傳 Email 給水野」。
●參考書 p. 19

⑪ 2　「悲しいことに、～」表示「～非常的悲傷」的意思。強調悲傷的心情的描述方式。●參考書 p. 236

⑫ 3　表示「配合水電工程～」的意思。請注意「～にしがたい」不會用在只有一次性的變化的事物上。「～によれば」是表示傳聞的資訊的來源。如果是「～により」的話，則是「因為水電工程的原因」的意思，所以也可以用。●參考書 p. 72

⑬ 2　使用「～さえ…ば」的句型的句子。強調「薬を飲めば」的條件。
●參考書 p. 160

⑭ 1　意思是「看過～之後」。請注意「～たとたんに」後面接的內容中，不會出現說話者的想法。●參考書 p. 48

⑮ 1　表示「計算的速度，是其善長的」。●參考書 p. 143

⑯ 3　要選擇可以連接「設計好」與「材質差」的對比內容的選項。●參考書 p. 67

⑰ 1　表示「因為忙碌，連玩、睡覺的時間都沒有」的意思。●參考書 p. 207

⑱ 1　句子中表示「唱歌及跳舞都很善長」，所以要用「～も～なら～も～」的句型。
●參考書 p. 194

⑲ 1　表示對她的忙碌感到吃驚。要注意，「～といったら」含有兩種意思。
●參考書 p. 117

⑳ 4　「チーズケーキ、プリン、タルト」都是列舉出來的例子。列舉例子的選項就是正確答案。●參考書 p. 200

❷

① 1　表示「お金は出ていく」的狀況無法停止。●參考書 p. 60

② 3　表示「正在接近中」的意思。●參考書 p. 61

③ 1　表示「看到田村的怪臉就笑了出來、無法忍住笑意」●參考書 p. 172

④ 2　句子意思是「依真實事件製作的電影」。「～に基づく」的句型，在句末出現的形態。●參考書 p. 124

⑤ 4　意思是「實行～是當然的、非得實行不可」。●參考書 p. 178

⑥ 1　「待ちかねている」是「無法等待、等得焦急」的意思。表示「就快來了嗎？馬上就來了嗎？來得好慢啊！」的樣子。參考書 p. 262

⑦ 3　因為有「まだ」所以是「便當有剩、沒吃完」的意思。參考書 p. 31

⑧ 4　「間違いだらけ」表示「報告錯誤多」；「間違いがちだ」則是表示容易犯下類似「因為兩個漢字相似，容易搞錯」的錯誤。沒有「間違い気味」、「間違いあまり」的說法。參考書 p. 191

⑨ 2　堅定地表示「一切都是托老師的福、確實是老師的功勞」。參考書 p. 167

⑩ 1　「口に合う」是「喜歡某食物或飲品、覺得好吃、好喝」的意思。「おめしあがりください」是使用「お～ください」的句型，是「食べてください」的尊敬表現。「おめしになる」則是「着る」的尊敬語。參考書 p. 278、p. 279

❸

① 1　「現状からいって」是「從目前的現狀來思考的話～」的意思。參考書 p. 110

② 4　因為有「手伝ってあげよう」，所以要選有「無法漠視、不漠視」的意思的選項。「無視するわけにもいかない」則是表示「身為同公司的同仁，無法忽視身體狀況不佳的人」的心情。參考書 p. 227

③ 1　表示「釣不到魚又下了雨」這種惡運連連的狀態。參考書 p. 273

④ 3　選項的答案是會話中，「絶対に話さない」的意思的口語表現。參考書 p. 256

⑤ 1　表示「其他的人也許會做，但是性格上獨獨佐藤不會做那樣的事」的意思。參考書 p. 141